濱野京子

ドリーム・プロジェクト

Dream project

PHP

ドリーム・プロジェクト　目次

クラウドファンディングとは

英語で群集《ぐんしゅう》という意味の「crowd（クラウド）」と資金《しきん》調達《ちょうたつ》を意味する「funding（ファンディング）」を組み合わせた言葉。「自分が作って歌った曲をＣＤ《シーディー》にしたい」「災害被害《さいがいひがい》にあった図書館を復旧《ふっきゅう》したい」など、さまざまな理由でお金を必要としている人に対して、共感した人が一口1,000円程度《ていど》からインターネットを通じて出資《しゅっし》し、支援《しえん》をします。こうしたインターネット上で多数の人から資金《しきん》を募《つの》る仕組みのことをクラウドファンディングといいます。過去にクラウドファンディングが実行されたプロジェクトは、築地《つきじ》を舞台《ぶたい》にした映画製作《えいがせいさく》、高校生による地域《ちいき》活性化のための商品開発、老朽化《ろうきゅうか》が進んだ駅舎《えきしゃ》の改修工事《かいしゅうこうじ》など幅広《はばひろ》く、数多くのプロジェクトが存在《そんざい》します。また、途上《とじょう》国支援《こくしえん》や被災地支援《ひさいちしえん》なども多く実行されています。プロジェクトを立ち上げる実行者自身も個人《こじん》、団体《だんたい》、企業《きぎょう》、自治体などさまざまです。クラウドファンディングは、アメリカで2000年代後半から普及《ふきゅう》し、日本では東日本大震災《だいしんさい》をきっかけに被災地支援《ひさいちしえん》の新たな手法として広まりました。

クラウドファンディングの流れ

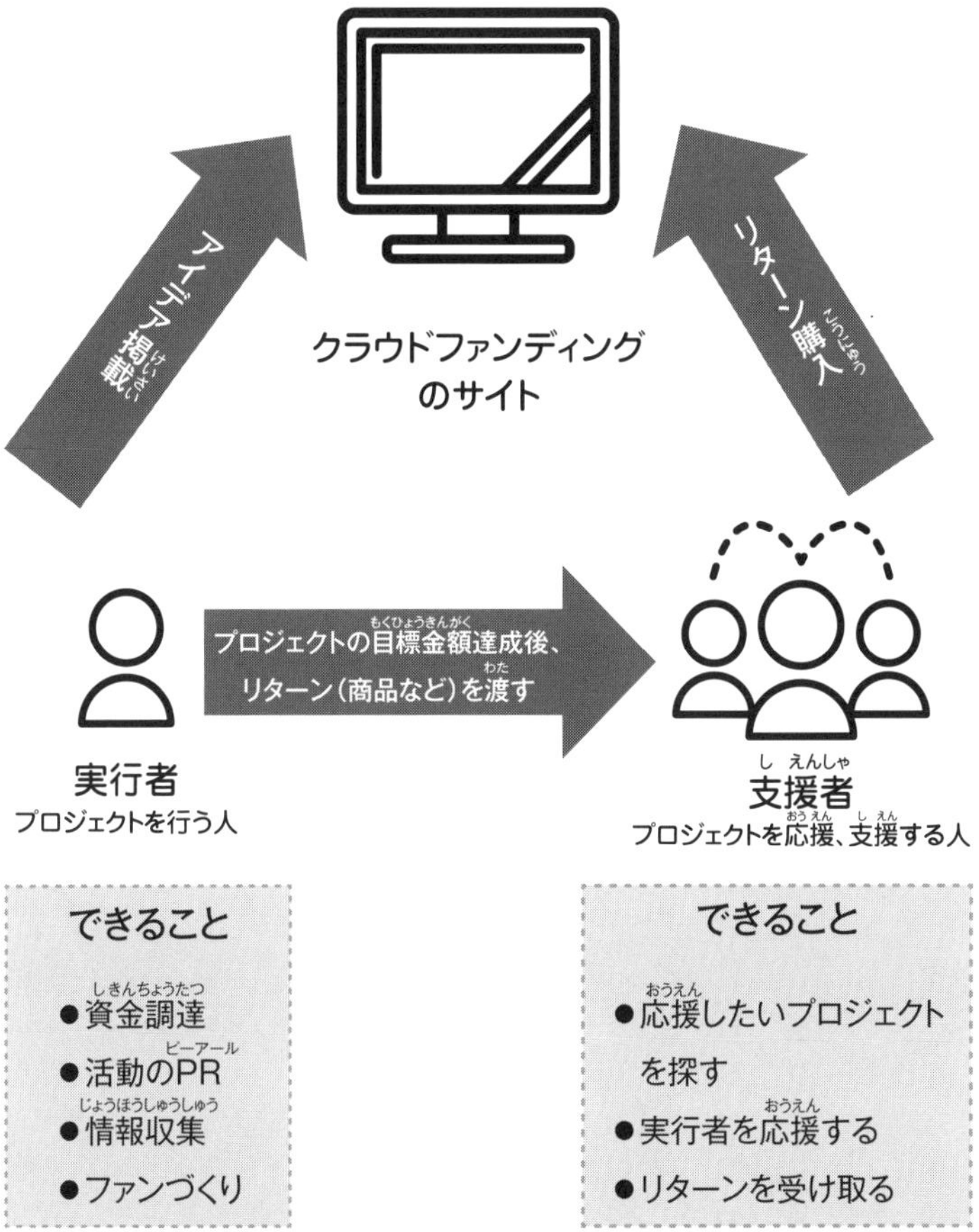

※READYFOR《レディーフォー》株式会社《かぶしきがいしゃ》のホームページ（https://readyfor.jp/）をもとに作成。

※クラウドファンディングにはさまざまな種類がありますが、本作では「購入型《こうにゅうがた》」（支援者《しえんしゃ》が金銭《きんせん》以外の物や権利《けんり》を手に入れられる）を取り上げています。

プロローグ

それは、三学期の始業式の日のこと。

大原拓真《おおはらたくま》が昼前に帰宅《きたく》すると、祖父《そふ》の姿《すがた》がなかった。祖父《そふ》の勇《いさむ》は、出かけることなどめったにない。散歩に誘《さそ》っても億劫《おっくう》がるくらいなのだ。

念のためにトイレや風呂場《ふろば》も見たが、やはりいない。この日は、まだ授業《じゅぎょう》がないので、母からは「おじいちゃんとお昼食べてね」と言われていたし、拓真《たくま》が午前中のうちに帰ってくることを、勇《いさむ》もわかっていたはずだ。

玄関《げんかん》には、祖母《そぼ》の笑美子《えみこ》が選んだというグレーの靴《くつ》が残っている。そもそも、玄関《げんかん》の鍵《かぎ》はかかっていたし、勇《いさむ》は鍵《かぎ》を持っていないはずだ。庭かもしれないと、掃《は》き出し窓《まど》から外を見ようとした時、わずかに隙間《すきま》があるのに気づいた。ガラッと窓《まど》を一気に開け、庭に向かって、

「じいちゃん」

と呼《よ》んでみたが答えはなかった。ここから外に出て、どこかに出かけたのだろうか。そういえば、ステップにおいてある父のサンダルが見当たらない。

心配になった拓真《たくま》は、近所を探《さが》してみることにした。

勇《いさむ》が同居《どうきょ》するようになって半年経《た》つが、引きこもりのように家にいることが多かったから、どこに行ったか心当たりもないが、バス停のあたりまでひとまわりして、結局、見つけられずに家に戻《もど》った。家にいることを期待しながら、玄関《げんかん》を開ける。だが、やはり勇《いさむ》の姿《すがた》はなかった。いやな予感がした。

もう少し待つべきだろうか。居間《いま》の掛《か》け時計《どけい》を見る。学校から帰ってから、およそ三十分。拓真《たくま》が帰る直前に出かけたのなら、さわぐほどの時間ではない。

部屋《へや》をもう一度見に行く。別段《べつだん》、変わった様子はなかった。

居間《いま》に戻《もど》ってまた時計を見る。日頃《ひごろ》はまったく気にならない秒針《びょうしん》の音が、やけに耳につく。

意を決したように、拓真《たくま》は、母の職場《しょくば》に電話した。

「いったい何ごと？　仕事中に」

「じいちゃんが、いない」

「いないって、どういうこと？」

「だから、いないんだよ」

「拓真《たくま》、ちゃんと要領《ようりょう》よく話してちょうだい」

「部屋《へや》にもいない。トイレも見た」

「……どういうこと」

「わかんねえよ。靴《くつ》はある。でも、庭のサンダルがない。庭側の窓《まど》、鍵《かぎ》がかかってなかった」

「それを先に言いなさい！」

そう言われても、と思ったが、ここで母に逆《さか》らってもしかたがない。

「あと、近所、見てきたけど」

「わかった。あんたは家で待機」

そう言うなり、母はいきなり電話を切った。何がわかったのかはわからないけれど、家にいるしかない。

空腹《くうふく》は感じなかった、というか、忘《わす》れてしまっていたが、腹《はら》が減《へ》っては戦《いくさ》ができないと思い、思いながら戦《いくさ》じゃねえよ、と自分に突《つ》っ込《こ》み、用意されていたチャーハンをレンジで温めて食べた。勇《いさむ》のことが心配で、ほとんど味はわからなかった。このところ、ずっと元気がなかったことも気がかりだった。

二時間後、事件《じけん》はあっけなく解決《かいけつ》した。勇《いさむ》は、家から五キロほど離《はな》れた地点で、無事「保護《ほご》」されていた。勇《いさむ》を見つけて、市役所で働く父に連絡《れんらく》の上、車で送ってきてくれたのは、祖母《そぼ》の古い友人だった。

その夜、もう少しで、防災《ぼうさい》無線を流すところだったとぼやいた母は、

「やっぱり、一度ちゃんと診《み》てもらった方がいいんじゃないかしら」

と眉《まゆ》を寄《よ》せた。

「じいちゃん、ぼけちゃったってこと？　チョー迷惑《めいわく》」

不機嫌《ふきげん》顔で、姉の真穂《まほ》が舌打《したう》ちする。

「おまえ、そんな言い方、ないだろ」

という迫力《はくりょく》を欠いた父の叱責《しっせき》を、真穂《まほ》は眉《まゆ》一つ動かさずにスルーした。

「ねえ、じいちゃん、何歳《なんさい》になったんだっけ？」

「暮《く》れに八十になったところ。まあ、おかしくはない年齢《とし》だけどねえ」

と母。ぼけても、とは口にしないが、意味するところは十分すぎるほど伝わった。

認知症老人《にんちしょうろうじん》を抱《かか》える家庭の大変さは、拓真《たくま》の耳にも入ってくる。ここ、美山《みやま》市栗《くり》木《き》地区も、高齢化《こうれいか》に関しては全国平均《へいきん》以上だった。

もし、勇《いさむ》が認知症《にんちしょう》だったら、どうしたらいいのだろう。

1 じいちゃんの願い

勇《いさむ》が行方不明《ゆくえふめい》になった翌日《よくじつ》、拓真《たくま》が登校すると、同級生の瀬戸山千聖《せとやまちさと》が声をかけてきた。

「拓《たく》ちゃん、昨日、大変だったんだって？」

拓真《たくま》はちらっと千聖《ちさと》を見て、曖昧《あいまい》に頷《うなず》く。千聖《ちさと》とは家が近く、小さい頃《ころ》はよく一緒《いっしょ》に遊んだものだが、同じクラスになったことがなかったので、小学校の高学年以降《いこう》は、すっかり疎遠《そえん》になっていた。中学二年にもなって、拓《たく》ちゃん、と呼《よ》ばれるのもなあ、と思いながらも、なんだか妙《みょう》にくすぐったい気分になる。といって、昔のように、チーちゃん、と返す気にはなれずに、あえてぶっきらぼうに聞く。

「だれに、聞いた？」

「姉貴《あねき》」

そういうことかと納得《なっとく》した。真穂《まほ》と千聖《ちさと》の姉は同い年で、通っている高校も同じなのだ。

拓真《たくま》は舌打《したう》ちしたくなった。家ではムスッとしているくせに、よけいなことを、と思うと腹立《はらだ》たしい。それを表情《ひょうじょう》に出したつもりはないが、千聖《ちさと》から、

「わたし、だれにも言わないからね」

と小さな声で言われ、黙《だま》って頷《うなず》く。でも、認知症《にんちしょう》を疑《うたが》われたかと思うと気が重い。父が、半休を取って、医者に連れていくと言っていたけれど。

もう八十なんだから、とは思うが、やはり勇《いさむ》にぼけてほしくなかった。

栗木《くりき》地区は美山《みやま》市の西に位置し、平成の大合併《だいがっぺい》で美山《みやま》市と合併《がっぺい》するまでは、栗木《くりき》村と呼《よ》ばれていた。

美山《みやま》市の中心である美山《みやま》駅は、都心から電車で一時間。その名の通り、市内のどこからでもなだらかな山並《やまな》みが望める。

栗木《くりき》地区は、美山《みやま》駅からバスで三十分ほど走ったところにあった。栗木出張所《くりきしゅっちょうじょ》と名を変えた旧村役場《きゅうむらやくば》のある中心街には、学校や病院、何軒《なんけん》かの商店などが集まっているが、そこから少しはずれるだけで、のどかな田園風景に変わる。

拓真《たくま》が通う栗木《くりき》中学校は、地区唯一《ゆいいつ》の中学校で、全校生徒は一三八人。各学年が二学級のみという、こぢんまりとした学校だ。ここに限《かぎ》ったことではないが、地域《ちいき》の高《こう》齢化《れいか》が進み、小学校や中学校に通う子どもの数は減《へ》る一方だ。

行方《ゆくえ》不明老人の情報《じょうほう》が、防災《ぼうさい》無線で流れることも、そう珍《めずら》しいことではない。勇《いさむ》についても、もう少し見つかるのが遅《おく》れたら、警察《けいさつ》に届《とど》けることになり、防災《ぼうさい》無線で放送されれば、クラスメイトの間にも「事件《じけん》」が知れ渡《わた》ったことだろう。

勇《いさむ》を「発見」したのは、黒島久子《くろしまひさこ》という人だった。久子《ひさこ》は、祖母《そぼ》の笑美子《えみこ》の友人で、拓真《たくま》の家のある栗木《くりき》地区の中心から四、五キロほど離《はな》れた山間《やまあい》の、奥沢《おくさわ》集落に住んでいる。奥沢《おくさわ》集落は、エリアとしては栗木《くりき》地区に含《ふく》まれてはいるが、はずれもはずれで、その先は山しかない。

それでも昔は今より人口も多く、行商人などもやってきたという。もっとも、その話を最初に聞いた時、拓真《たくま》はきょとんして「ギョーショーニンって何?」と聞いたものだったが。

集落は、ほとんどが老人世帯で、空き家も増《ふ》えているため、美山《みやま》市の限界《げんかい》集落などと、陰《かげ》で言う者もいるくらいだ。文字通り何もない。商店もないし出張所《しゅっちょうじょ》もない。

診療所《しんりょうじょ》もない。ただ、風景だけが美しい。

そこに、勇《いさむ》と笑美子《えみこ》が長く暮《く》らした家があった。ところが、半年前に笑美子《えみこ》が急死したのを機に、勇《いさむ》は拓真《たくま》の家族と同居《どうきょ》することになったのだ。

もしかしたら、勇《いさむ》は、奥沢《おくさわ》地区の家を自分が暮《く》らす家と勘違《かんちが》いして、〈帰って〉しまったのかもしれないと、昨晩《さくばん》、父が言っていた。

医者は、どういう判断《はんだん》をしたのだろうか。どよんと重い気分で家に帰ると、勇《いさむ》は一人《ひとり》、居間《いま》でテレビを見ていた。

「父さんは?」

「何時だと思っているんだ。役所に決まってるだろ」

「けど……」

「病院に行ってきたことか? それなら、心配するな。おれはまだぼけたわけじゃない」

「…………」

「おまえ、一〇〇から七ずつ引くの、やってみろ」

「ええ?」

「九三、八六、七九……」

勇《いさむ》は、五一までとうとう述《の》べて、ニタッと笑った。けれど、すぐに寂《さび》しそうに目を伏《ふ》せた。拓真《たくま》は、なんとなくその場にいづらくなって、そそくさと自分の部屋《へや》に引っ込《こ》んだ。

勇《いさむ》の言葉は嘘《うそ》ではなかった。医師《いし》の診断《しんだん》によれば、認知症《にんちしょう》の兆候は見られないそうだ。

「じゃあ、なんで……」

と拓真《たくま》が聞くと、母が説明した。

「久子《ひさこ》さんに電話して、よく聞いてみたの。わたしたちには話してくれなかったけれど、奥沢《おくさわ》の方に向かうトラックに乗せてもらったと言っていたそうよ。久子《ひさこ》さんは、おじいちゃんが家の外廊下《そとろうか》に座《すわ》って、庭を見ているのを見つけて……。責《せ》めないであげてくださいねって、言われちゃった」

それを聞きながら、拓真《たくま》は、おしゃべり好きの久子《ひさこ》の顔を思い浮《う》かべる。

拓真《たくま》は、小さい時から祖父母《そふぼ》の家が好きで、休みの日などにしばしば訪《おとず》れていたので、笑美子《えみこ》が親しくしていた久子《ひさこ》のこともよく知っていた。

「やっぱり、あの家を離《はな》れがたかったんだろうな」

父がつぶやくと、すぐに真穂《まほ》が、

「あの、平屋のくせに無駄《むだ》に広いだけの家？」

と、あきれたように言った。

「そんな言い方しないの。おじいちゃんにとっては、思い出の詰《つ》まった家なのよ」

「けどさあ、あそこに年寄《としよ》り一人《ひとり》で、住めるわけないじゃん」

「おじいちゃんだって、そんなことはわかっているのよ」

拓真《たくま》は、なんだか急に、勇《いさむ》のことがかわいそうになってきた。それというのも、勇《いさむ》と笑美子《えみこ》がとても仲のいい夫婦《ふうふ》だったことを知っていたからだ。

二人《ふたり》は見合《みあ》い結婚《けっこん》だった。けれど、笑美子《えみこ》は「お見合《みあ》いの席で一目ぼれした」とぬけぬけと孫の前で語ったことがある。勇《いさむ》よりは十歳《さい》年下だし、平均寿命《へいきんじゅみょう》も女性《じょせい》の方が長いし、病気もめったにしないし、おじいちゃんのことは、ちゃんと自分が看取《みと》ると、よく言っていた。

二年ほど前、勇《いさむ》の友人で、やはり奥沢《おくさわ》地区に住む深見毅《ふかみたけし》が、運転中に交通事故《じこ》を起こしたことがあった。人身事故《じこ》ではなかったが、家族の勧《すす》めもあって、自動車免許《めんきょ》を返納《へんのう》するというので、その時、勇《いさむ》も一緒《いっしょ》に免許《めんきょ》を返納《へんのう》した。かつては日に三本あったという路線バスも今は走ってないのだから、免許《めんきょ》があった方がいい、という人もいたが、勇《いさむ》は「おれには専属《せんぞく》のドライバーがいるから」と笑ったものだった。

笑美子《えみこ》は車の運転が好きで、勇《いさむ》よりハンドルを握《にぎ》ることが多かった。その笑美子《えみこ》が、くも膜下出血《まくかしゅっけつ》で急死してしまった。勇《いさむ》の落ち込《こ》みようは、半端《はんぱ》なかった。

奥沢《おくさわ》集落の家は、つい半年前まで祖父母《そふぼ》が暮《く》らしていたのだから、暮《く》らせないわけではない。ただし、車があれば、の話だ。夫婦《ふうふ》共働きの拓真《たくま》の両親が、頻繁《ひんぱん》に訪《おとず》れることは不可能《ふかのう》だ。第一、母は、栗木《くりき》の住人には珍《めずら》しく、運転免許《めんきょ》を持っていない。それに、祖父母《そふぼ》の家はかなり古く、あちこちに傷《いた》みが見られるし、雨漏《あまも》りするところもあるという。そこに勇《いさむ》が一人《ひとり》で暮《く》らすという選択肢《せんたくし》はなかった。

こうして家は無人になった。といって、売れるような代物《しろもの》ではない。たまに父が訪《おとず》れて窓《まど》を開けて風を通したりはしているものの、少しずつ人が住める家からは遠ざかっていく、とは、暮《く》れに訪《おとず》れた叔母《おば》の話。生活のにおいがなくなるということかもしれない。それでも、勇《いさむ》はあそこが好きなのだと、拓真《たくま》は思った。なんとかできないものだろうか。

2 奥沢《おくさわ》の家に行ってみた

勇《いさむ》の行方不明事件《ゆくえふめいじけん》から数日経《た》った土曜日の朝。拓真《たくま》は、思い切って父に持ちかけてみた。

「今日、じいちゃんちに、行けないかな」

「奥沢《おくさわ》の家か？」

「連れてってやれないかなって」

「そりゃあ、できたらいいけどなあ」

父は、東京《とうきょう》に出かける用事があるという。

「だから、送ってくれればいいんだ。おれ、ついてるから。それで、夕方迎《むか》えに来てよ」

笑美子《えみこ》を亡《な》くしてからというもの、勇《いさむ》が沈《しず》みがちなのは父もわかっていたので、拓《たく》真《ま》の思いつきは実現《じつげん》することになった。

限界《げんかい》集落と陰口《かげぐち》をたたかれる地域《ちいき》とはいえ、勇《いさむ》を見つけてくれた久子《ひさこ》や、ほかにも友人がいないわけではない。勇《いさむ》が行くと伝えると、久子《ひさこ》も来てくれることになった。だから、あっちでは放っておけばいいと思って、宿題とマンガ雑誌《ざっし》を持っていくことにした。

それなら、ということで、母が弁当《べんとう》とお茶を持たせてくれたのもありがたかった。ただし、ついでに空気を入れかえて、掃除《そうじ》もしてこい、と言われたけれど。

家に着いたのは、午前十一時過《す》ぎ。久《ひさ》しぶりに祖父母《そふぼ》の家の前に立った拓真《たくま》は、父から預《あず》かった鍵《かぎ》を回し、玄関《げんかん》の引き戸を引く。ところが……。

「あれ？　開かねえ」

力一杯《ちからいっぱい》引いても、戸は少し浮《う》き上がるだけで、いっこうに動いてくれない。

「どいてみろ」

勇《いさむ》に言われて、後ろに下がる。勇《いさむ》は難《なん》なく戸を開けた。さほど力を入れた様子はない。

「なんでだよ」

「コツがあるんだ」

勇《いさむ》は、どこかいたずらっ子のような表情《ひょうじょう》で、ニヤリと笑った。

中に入ると、空気が淀《よど》んで少しほこりっぽい感じがした。一通り部屋《へや》を見回して、たしかに老夫婦《ろうふうふ》二人《ふたり》で住むには広すぎる、とは思った。

家は平屋で、和室ばかりだが、八畳《じょう》が三間、四畳半《よじょうはん》と三畳《じょう》の部屋《へや》。玄関《げんかん》は拓真《たくま》の家の四倍ぐらいあって（これこそ、まさに無駄《むだ》に広い）、昔は土間《どま》だったらしい。玄《げん》関《かん》に続く板《いた》の間《ま》の四畳《じょう》ほどのスペースも、なんだか意味不明だ。それから板《いた》の間《ま》のダイニングキッチン。西南の角の八畳間《じょうま》には、りっぱな床《とこ》の間《ま》があって、けっこう幅《はば》の広い廊下《ろうか》が取り囲んでいる。拓真《たくま》は、小さい頃《ころ》、この廊下《ろうか》をわざと滑《すべ》って遊んだものだった。

簞笥《たんす》や食器類など、置きっ放しのものもあった。しかし、水道だけは使えるものの、ガスも電気も通じてない。

幸《さいわ》い、一月にしては暖《あたた》かな日だった。寒さ対策《たいさく》でカセットガスヒーターを持ってきたが、今のところは日差しに助けられているようだ。しかも、南側の廊下《ろうか》は日当たりもいいので、そこに座布団《ざぶとん》を敷《し》くと、勇《いさむ》はちんまりと収《おさ》まった。

バケツに水を汲《く》んで雑巾《ぞうきん》を絞《しぼ》り、廊下《ろうか》を拭《ふ》いた。

「拓真《たくま》、すまないなあ。おれも、手伝《てつだ》おうか」

などと勇《いさむ》は言うが、

「大丈夫《だいじょうぶ》だよ。座《すわ》ってて」

と慌《あわ》てて答える。働かせて怪我《けが》でもされたら大変だと思った。水は手が切れそうなほど冷たかったが、勇《いさむ》の穏《おだ》やかな顔を見ると、なんだかほっとする。

さっと掃除《そうじ》を済《す》ませたあとで、昼食にした。保温《ほおん》のランチジャーに入れてきたので、温かい食事をとることができた。

食べ終わったのを見計らうかのように、久子《ひさこ》が男性《だんせい》の老人を連れてやってきた。

「こんにちは、勇《いさむ》さん。あらあ、拓真《たくま》くん？　すっかり大きくなって、何年生になったの？」

久子《ひさこ》がにっこり笑う。ちゃきちゃきした人で、だから笑美子《えみこ》とも気が合ったのだろう。

「あ、どうも。中二です」

拓真《たくま》はペコッと頭を下げる。それから、慌《あわ》てて言葉を足す。

「この間は、じいちゃんが世話になって」

「まあ、しっかりしてるわね。勇《いさむ》さん、毅《たけし》さんにも来てもらったのよ。久《ひさ》しぶりでしょ」

毅《たけし》は、勇《いさむ》が運転免許《めんきょ》を返納《へんのう》するきっかけになった人だ。拓真《たくま》は、久子《ひさこ》とは時々顔を合わせていたが、毅《たけし》のことはほとんど記憶《きおく》がなかった。久子《ひさこ》が、毅《たけし》は勇《いさむ》より一つ年下の友人だと教えてくれた。

「やあ、ご無沙汰《ぶさた》してます」

毅《たけし》も勇《いさむ》に笑顔《えがお》を向ける。

「ほう。これは、老人会の集まりが復活《ふっかつ》したようだな」

と勇《いさむ》も機嫌《きげん》がいい。

「あら、わたしの方がずっと若《わか》いんですからね。一緒《いっしょ》にしないでくださいな」

部屋《へや》に上がってもらうと、すぐに久子《ひさこ》が饅頭《まんじゅう》を取り出した。

「拓真《たくま》くんも、食べてね」

「ありがとうございます。じゃあ、ぼく、台所のテーブルで、宿題やってますので」

「あら、まじめね。えらいえらい」

むろん、まじめなわけではない。いくらなんでも、老人三人とでは話も合わないから、逃《に》げ出した、というのが本音だ。

日当たりのよくないキッチンはさすがに寒くて、拓真《たくま》はダウンジャケットを着込《きこ》んで宿題を始めた。その間、ずっと三人の話し声が聞こえていた。亡《な》くなった笑美子《えみこ》のこともけっこう話題にしていたが、それで勇《いさむ》が気落ちするようなことはなく、笑い声も聞こえていた。話す声は圧倒的《あっとうてき》に久子《ひさこ》が多く、いちばん無口なのは毅《たけし》だ。時折口をはさむ勇《いさむ》の声ははずんでいて、楽しそうにしている様子が伝わってくる。拓真《たくま》の家にいる時よりも、ずっとリラックスしているようだ。

本当は、やっぱりここに住みたいのだろうか。古い家だけど、ところどころ傷《いた》んでいるけれど、住めないわけではない。築《ちく》七十六年のこの古い家は、太平洋戦争で空《くう》襲《しゅう》に遭《あ》うこともなかったという。こんな山の中だから、当たり前といえば当たり前だが、美山《みやま》市の中心部は、小規模《しょうきぼ》ながら空襲《くうしゅう》に遭《あ》っているらしい。家を建てたのは曽祖《そうそ》父《ふ》で、勇《いさむ》は、ここで生まれたわけではないが、幼《おさな》い時からついこの間まで住み続けた。そしてここは、拓真《たくま》の父が生まれた家でもある。

昔はこの家も賑《にぎ》やかだった、とは亡《な》き祖母《そぼ》、笑美子《えみこ》の言葉だ。というのも、勇《いさむ》は五人きょうだいの長子で、祖父母《そふぼ》が結婚《けっこん》してここに住み始めた頃《ころ》は、勇《いさむ》の妹や弟たちも同居《どうきょ》していた。それが、一人抜《ひとりぬ》け二人抜《ふたりぬ》けで減《へ》っていった。

宿題のノートを閉《と》じた拓真《たくま》は、奥《おく》の部屋《へや》に入ってみた。どの部屋《へや》も拓真《たくま》の家よりも柱が太い。それから天井《てんじょう》が高い。そのせいか、冬は寒いけれど夏は涼《すず》しかった。

キッチンに戻《もど》って、ガスレンジをひねってみた。ガスは止まっているので、もちろん、点火しない。

「やっぱ、住めないのかなあ」

ぽつんとつぶやくと、

「無理でしょうね」

という声がして、びっくりして振《ふ》り返る。久子《ひさこ》が立っていた。

「あら、ごめんなさい。お手洗《てあら》いを借りたの」

「……無理です、かね、やっぱり」

「建物は頑丈《がんじょう》でもね。外壁《がいへき》は傷《いた》んでるし、畳《たたみ》だって、ねえ。ざらついてるでしょ。隙《すき》間風《まかぜ》も入るの。笑美子《えみこ》さん、亡《な》くなる少し前に、畳《たたみ》も替《か》え時《どき》だし、修理《しゅうり》しなきゃいけないとこだらけなのって、ね。それにここは、車がないと無理。笑美子《えみこ》さんが運転好きだからって、勇《いさむ》さん、免許返納《めんきょへんのう》しちゃったのは知ってるでしょ」

「はい」

「笑美子《えみこ》さんはね、名前の通りよく笑う明るい人で、まさかあんなに急に……」

久子《ひさこ》は、泣きそうな顔になった。

「わたしも、寂《さび》しい。櫛《くし》の歯が欠けるみたいに、みんな、いなくなってしまう」

「…………」

「あら、ごめんなさい。ちょっと感傷的《かんしょうてき》になっちゃった。でも、嬉《うれ》しいわ。拓真《たくま》くんがやさしい子で」

久子《ひさこ》と毅《たけし》は、二時間ぐらい、勇《いさむ》と過《す》ごして帰っていった。

二人《ふたり》になると、急に家の中がしんと静かになった。勇《いさむ》は来た時と同じように庭に面した廊下《ろうか》に座布団《ざぶとん》を敷《し》いて、ぼんやりと外を見ている。

日が傾《かたむ》いてきたので、拓真《たくま》はカセットガスヒーターをつけてから、隣《となり》に座《すわ》った。勇《いさむ》は穏《おだ》やかな、いい顔をしていた。ふだんより、顔のつやもいい気がする。生気が宿っているとでもいうのだろうか。

「じいちゃん……」

「なんだ」

ここに住みたい？　と聞いてみたかったが、聞けなかった。それで住みたい、と言われても、拓真《たくま》には何もできないではないか。

「……ううん、なんでもない」

「拓真《たくま》は、宿題、はかどったか？」

「うん」

「話し声が邪魔《じゃま》だったろ」

「平気だよ」

「拓真《たくま》」

「何？」

勇《いさむ》は、ゆっくりと右腕《みぎうで》を上げて外を指さす。山《やま》の端《は》に日が沈《しず》みかかっていた。雑木《ぞうき》の山は、今は枯《か》れ木立《こだち》が続いている。そこに陽光が差し込《こ》んで、木々が朱色《しゅいろ》に輝《かがや》く。空は刻々《こくこく》と色を変える。

「きれいだね」

「ああ。きれいだ。最高の眺《なが》めだろ」

なんの変哲《へんてつ》もない山の風景かもしれない。けれど、しみじみ眺《なが》めた夕日の鮮《あざ》やかさは、拓真《たくま》の心に深く刻《きざ》み込《こ》まれた。なぜか切なくて泣きたくなった。

「おまえの親父《おやじ》は、ここで生まれた」

父も、ここに座《すわ》って日が沈《しず》むのを眺《なが》めたことがあったのだろうか。だが、十八でこの家を出た父と違《ちが》い、勇《いさむ》にとってここは、これまでの人生のすべてが詰《つ》まっている場所なのだ。

「じいちゃん、また来ようよ。おれ、一緒《いっしょ》に来るから」

と言ったが、勇《いさむ》は静かに笑った。

「無理せんでいい」

3 クラウドファンディング？

ふわっとため息をつくと、頭をはたかれた。

「いて」

と顔を上げると、三学期の席替《せきが》えで隣《となり》になった坂本日菜子《さかもとひなこ》が、舌打《したう》ちしながら言った。

「うつるから、あくびやめて」

「あくびじゃねえよ、ため息」

「ため息つくような悩《なや》みがあるとは思えない。給食後で眠《ねむ》くなっただけでしょ」

まったく口が悪い女だ、と拓真《たくま》は思ったが、そんなことを言ったら、何が返ってくるかわからないので、無視《むし》することにした。

日菜子《ひなこ》は、クラス一、強気な女子生徒だ。見た目はけっこうかわいいし、勉強もできない方ではない。何ごとにも前向きで猪突猛進《ちょとつもうしん》。リーダーシップもあることはある。が、そのリーダーシップは時に空回りする。ゆえに少し浮《う》いている。

「もし、悩《なや》みがあったら、なんとかしてくれるのか？」

「事と次第《しだい》によってはね。何ごとも、前向きに取り組めば、輝《かがや》かしい未来のために役立つでしょ」

輝《かがや》かしい未来？

拓真《たくま》の両親が高校生の頃《ころ》、バブル経済《けいざい》というのがはじけた。バブル時代は土地の価《か》格《かく》が上がって、ブランド品や高級車もばんばん売れて、と聞かされてもピンとこなかった。こんな田舎《いなか》には関係ない話かと思ったら、市内のゴルフ場が賑《にぎ》わっていたとか。しかし、空前の好景気は一転。文字通り泡《あわ》と消えた。それが失われた十年となり、二十年になった。その後、景気が上向いたといっても、なぜか給料は上がらず、非正規雇用《ひせいきこよう》が増《ふ》えていく。社会に格差《かくさ》が広がって子どもの貧困率《ひんこんりつ》が高くて、拓真《たくま》と、将来《しょうらい》、正社員になれるかも危《あや》うい、という状況《じょうきょう》で、どうしたらそんなふうに前向きに自分の人生を考えられるのだろう。

拓真《たくま》は、珍《めずら》しい生き物を見るような目で日菜子《ひなこ》を眺《なが》めた。

「さすが、社長の娘《むすめ》は言うことが違《ちが》うなあ」

とつぶやくと、また頭をはたかれた。

「家は関係ない。あたしは、こんな田舎《いなか》でくすぶっていないから。冗談《じょうだん》じゃない。従《じゅう》業員《ぎょういん》五人の会社で、社長の娘《むすめ》？　笑える。あたしは、都会で起業するの。少し前までは、やっぱりIT《アイティー》かなって思ったけど、今は、既存《きそん》のものではない、新しいものが求められてると思う」

日菜子《ひなこ》の父は、森づくり・山づくりと樹木伐採《じゅもくばっさい》を請《う》け負う林業会社「フォレスト坂《さか》本《もと》」の社長で、栗木《くりき》地区では名士の一人《ひとり》に数えられている。だから、従業員《じゅうぎょういん》が何人だろうと社長は社長だ、と拓真《たくま》は思った。

「なあ、坂本《さかもと》の家、林業屋だろ」

「あんた、人の話、聞いてないの？」

勝手にしゃべっているだけだろうが、と心の中で突《つ》っ込《こ》み、拓真《たくま》は日菜子《ひなこ》の言葉をスルーする。

「家の修理《しゅうり》とかって、どうしたらいいか、わかるか？　って、大工じゃねえもんな。今のは忘《わす》れてくれ」

ところが、日菜子《ひなこ》は真顔《まがお》で聞いてきた。

「あんたんち、改築《かいちく》するの？」

「うちじゃなくて、じいちゃんち。だいぶ傷《いた》んでて、修理《しゅうり》とかって、どれくらい金かかるのかな、なんて」

「おじいさんの家って、どこ？」

「奥沢《おくさわ》」

「ああ、あの老人集落かあ。って、あんた、おじいさんと同居《どうきょ》してるんじゃなかったっけ」

「だから、前に住んでた家。けど、じいちゃん、あそこが好きなんだよな」

「そんなこと言ったって、無理じゃん。車ないと」

「わかってるよ。だからさ、たまに連れてってやって、のんびり過《す》ごしたり、あと、近所のじいさんばあさんたちと、みかんとか饅頭《まんじゅう》食いながら、おしゃべりしたりさ」

「なんか、民話の世界」

と、日菜子《ひなこ》が笑った。ムッとしてにらみつける。

「あ、ごめん、ちゃかすつもりなかった」

日菜子《ひなこ》は素直《すなお》に詫《わ》びた。まあ、こういうところは、憎《にく》めないと拓真《たくま》は思った。

「坂本《さかもと》の言う通りだよ。どだい無理な話。おれんちだって、住んでもない家、修理《しゅうり》するほど余裕《よゆう》ねえし。来年は、姉ちゃんもおれも受験だしな」

ふわっと、またため息をついた時、社会科教師《きょうし》の藤原羊一郎《ふじわらよういちろう》が入ってきた。羊一《よういち》郎《ろう》は、拓真《たくま》たちの担任《たんにん》でもあった。

「なんだ、大原《おおはら》、いきなりあくびとは」

だから、あくびじゃないって、と拓真《たくま》は心の中で毒づいた。

翌日《よくじつ》。

「ねえ、大原《おおはら》、いい方法があるよ」

と、いきなり日菜子《ひなこ》に頭をはたかれた。話しかける時に、なんでこいつは、いちいち頭をはたくのだろう、とにらむが、そんなことに動じる相手ではない。

「いい方法？」

「だから、昨日、あんた言ってたじゃん。おじいさんの家の修理《しゅうり》」

「…………」

日菜子《ひなこ》は、にやりと笑った。

「クラウドファンディングって、知ってる？」

「クラウド？」

拓真《たくま》が首を傾《かし》げていると、後ろから声がした。

「あ、それって、映画《えいが》とか、作るやつでしょ」

甲高《かんだか》い声の主は、日菜子《ひなこ》とよくつるんでいる山川翠《やまかわすい》だ。

「翠《すい》、それ、六パーセントしか合ってないから」

どういう数字だ？　という疑問《ぎもん》はともかく、一〇〇パーセント間違《まちが》っていないということだろうか。しかし、映画《えいが》なんて、じいちゃんの家とはまるで関係ないし、あの家を映画《えいが》の舞台《ぶたい》にして使用料を取るとか？　いや、ありえない、と拓真《たくま》は首をふるふると横に振《ふ》った。

「けど、ほら、なんとかって、映画《えいが》、それで作ったたって」

と翠《すい》が言うと、日菜子《ひなこ》も頷《うなず》いた。

「そう。なにかやろうと思っても、お金がないって時、ネット上で資金《しきん》を集める。それで作ったアニメが大成功を収《おさ》めた」

そういえば、そんな話、どこかで聞いたような気がする。日菜子《ひなこ》は、得意げに説明を続ける。

曰《いわ》く。クラウドとは、大衆《たいしゅう》という意味で、要するに不特定多数の人から、インターネットを通じて、ファンド、つまり資金《しきん》を集めることをいう。事業などの企画《きかく》と集めたい金額《きんがく》をネット上で告知して、人々から広く支援《しえん》をしてもらうというわけだ。

「それでね、翠《すい》が言ったみたいに、映画《えいが》作りの資金《しきん》を集めることもあるし、学習支援《しえん》の教室を開くためのお金を集めたり、それから、個人《こじん》じゃなくて、会社が商品開発のために必要な資金《しきん》を集めることもあるんだよ」

「会社が？　それってなんかおかしくないか？　会社が個人《こじん》にお金出させるなんて」

「いいんだよ。その商品開発に意味があるって、クラウドが思えば。夢《ゆめ》のような企画《きかく》とかさ、応援《おうえん》したくなることだってあるじゃん」

日菜子《ひなこ》の説明はまだ続く。クラウドファンディングは今、とても注目されていて、映画《えいが》製作だとか、海外の難民《なんみん》支援《しえん》だとか、災害《さいがい》の復興《ふっこう》支援《しえん》だとか、いろいろなプロジェクトが進行しているのだという。話が永遠《えいえん》に続きそうだったので、さすがに拓真《たくま》はストップをかけた。

「ちょっと待ってくれ。おれのじいちゃんの家の修理《しゅうり》だよ。んなの、うちだけの事情《じじょう》だろ。なんか違《ちが》うんじゃやね？」

「だからいいんだって。社会のため、ってのばかりじゃないもん。クラウドファンディングの会社のサイト見てみなよ。自分が海外留学《かいがいりゅうがく》したいとかで、資金集《しきんあつ》めしてる人だっているんだから」

「ええ？　じゃあ、あたしが、本場アメリカのディズニーランドに行く旅費を集めたい、とかでもＯＫ《オーケー》？」

と翠《すい》が口をはさんだ。

「別にいいんじゃないの？　ただし、あんたが行くのを助けたい、って人がいるとは思えないけどね。とにかく、一度サイトで見てみなよ」

と言って、クラウドファンディングの会社の名前をメモして渡《わた》してくれた。

「わかった」

口ではそう答えたものの、拓真《たくま》はすぐに忘《わす》れてしまった。ところが、次の日の朝、拓真《たくま》が席につくと、待ちかねたように日菜子《ひなこ》から聞かれた。

「ねえ、見た？」

「見たって？」

「クラウドファンディングのサイト」

「あ、ああ、いや。ごめん。おれ、スマホ持ってなくて」

「家にパソコンないの？」

「あるけど、親のだから。勝手に使えないし」

「だめじゃん！　遊びじゃないんだから、まじめに考えなよ」

そう言われても困《こま》るとは思ったが、コロッと忘《わす》れてしまった後ろめたさもある。そ

れで、

「じゃあ、今日うちに来なよ。あたし、部活休みだし、専用《せんよう》のノートパソコンあるから。あんた、どうせ、帰宅部《きたくぶ》でヒマなんだし」

と言われた時、断《ことわ》り切れずに、つい頷《うなず》いてしまった。とはいえ、いちおう反論《はんろん》は試みる。

「いや、おれ、美術部員《びじゅつぶいん》だし」

「幽霊部員《ゆうれいぶいん》じゃん」

日菜子《ひなこ》の速攻攻撃《そっこうこうげき》に、廃部《はいぶ》の危機《きき》だからと、友人に拝《おが》み倒《たお》されて入部した名ばかり部員としては、返す言葉がなかった。

ちなみに、日菜子《ひなこ》は弱小卓球部《たっきゅうぶ》に籍《せき》を置いている。もっとも、小規模校《しょうきぼこう》の栗木《くりき》中学は、どの運動部もあまり強くはない。そんな中で幾分《いくぶん》マシなのはサッカー部だ。拓《たく》真《ま》は、小学生の時はサッカーをやっていたので、先輩《せんぱい》から何度か誘《さそ》われたが、中学でサッカー部に入る気はなかった。

結局、その日の放課後に、日菜子《ひなこ》の家に足を運ぶことになったが、なぜか、翠《すい》も一《いっ》緒《しょ》についてきた。

日菜子《ひなこ》の家は、父が地元の名士だけあって、かなり大きく、門構《もんがま》えもいかめしい。りっぱな邸宅《ていたく》であることは、前から知ってはいたが、家の中に入ったことはなかった。通されたのはリビングルームで、拓真《たくま》の家の居間《いま》よりは広く、おしゃれな部屋《へや》だった。適当《てきとう》に座《すわ》れと言われて、革張《かわば》りのソファに腰《こし》を下ろした拓真《たくま》が、

「さすが社長の家だな。大きいけど、じいちゃんとこみたいに、無駄《むだ》に広い感じがないし」

とつぶやくと、日菜子《ひなこ》が意外なことを言った。

「うちも、無駄《むだ》に広いよ。家族三人しかいないし」

「きょうだい、いなかったんだっけ？」

「いるよ。姉が一人。いないのは母親」

あっけらかんと言われたが、ちょっと反応《はんのう》に困《こま》った。だが、翠《すい》も、まったく気にする様子もなく、

「だよね。日菜子《ひなこ》んとこ、お姉ちゃんの遥菜《はるな》さんが、母親代わりだもんね。なにせ、九つも年上だし」

などと言う。翠《すい》は、日頃《ひごろ》から日菜子《ひなこ》と親しくしているというか、飼《か》い主《ぬし》にまとわりつく犬みたいに、あとを追いかけているので、日菜子《ひなこ》の家庭状況《じょうきょう》についても、詳《くわ》しいようだ。

「ちょっと待ってて。パソコン持ってくる」

日菜子《ひなこ》は、いったんリビングから出たが、すぐにノートパソコンを抱《かか》えて戻《もど》ってきた。そして、ノートパソコンを立ち上げると、慣《な》れた指使いで、キーボードを打ち込《こ》む。

「ポラリスっていう、東京《とうきょう》の真ん中にある会社で、ここは、日本で割《わり》と早くにこの事業を始めたんだ」

「クラウドファンディングの会社って、そんなにいくつもあるのか。いや、それより、資金《しきん》を集めるのと会社ってのが、なんか結びつかないんだよなあ」

などと、ぶつぶつ言いながら、拓真《たくま》は画面をのぞき込《こ》む。

プロジェクトを紹介《しょうかい》するページのトップには、ストリートチルドレンの救済《きゅうさい》、南米のハリケーン被害《ひがい》の復興支援《ふっこうしえん》、東日本大震災《だいしんさい》の被災地《ひさいち》での子どもの遊び場作り、地域《ちいき》のPR《ピーアール》動画の作成といったものが、写真と一緒《いっしょ》に掲載《けいさい》されていた。

「やっぱ、世の中の役に立ちそうなものばっかじゃん」

と言うと、日菜子《ひなこ》は人差し指を立てて横に振《ふ》った。

「そこは、〈社会貢献《こうけん》〉のページ。こっち見てみなよ」

パソコンの画面が変わる。そこは、〈チャレンジ〉のページで、中には、キャンピングカーでアメリカを横断《おうだん》したい、なんてものもある。

「こんなの、自分のお金でするもんだろ」

「だから、それは、支援《しえん》したい人がいればいいんだよ。あと、こんなのもある」

と、日菜子《ひなこ》がクリックしたのは、古民家ホテルの再建《さいけん》、というものだった。

「あたしたちのプロジェクトに近いと思わない？」

拓真《たくま》は、きょとんとした目で、日菜子《ひなこ》を見た。あたしたちのプロジェクト？　いつからそんなことになったんだろう。

「そっか。大原《おおはら》のじいちゃんとこも古民家だもんね」

翠《すい》が甲高《かんだか》い声で言った。いや、古民家は古民家だけど、ホテルとかではなくて、ただの古い住宅《じゅうたく》だし、などと思ったが、

「そうそう。古民家再生《さいせい》とか、廃校《はいこう》の利用とかってのも、けっこうあるよ」

という日菜子《ひなこ》の言葉に、口を開くタイミングを逃《のが》した。

「ねえ、日菜子《ひなこ》、このリターンって何？」

「お礼のことらしいよ。たとえば、映画《えいが》のプロジェクトを支援《しえん》した人は、エンディングに名前が出たりってあるでしょ。あれもお礼なんだって。でね、資金《しきん》を集めたいって思ったら、何日間でいくら集めるかを自分たちで決めるの。とにかく、このポラリスって会社にコンタクト取ってみようと思うんだ」

「コンタクトって？」

「メールで連絡《れんらく》して、会社に乗り込《こ》む！」

「え？　東京《とうきょう》行くの？　いいねいいね」

翠《すい》がはしゃぐように言った。

「遊びじゃないんだよ、翠《すい》」

「わかってるよ。でも、東京《とうきょう》、行きたいじゃん」

「とにかく、会社に行って、プロジェクトの企画《きかく》をどう進めるか、いろいろ相談に乗ってもらおう」

拓真《たくま》が何も言わないうちに、話がどんどんと進んでいく。

「いつ行くの？」

「それは、メールでアポイント取ってから。いいね、拓真《たくま》」

つい、勢《いきお》いに押《お》され頷《うなず》くと、

「じゃあ、あたしが、メールしておくよ」

と、日菜子《ひなこ》がきっぱりと言った。

4 ポラリス

翌日《よくじつ》の昼休み、日菜子《ひなこ》からメールをプリントしたものを見せられて、拓真《たくま》は言葉を失った。

祖父《そふ》の住んでいた古民家を、地域《ちいき》老人の憩《いこ》いの場として再生《さいせい》したいと思います。今は無人で、だれも住んでいません。家は修理《しゅうり》が必要です。

いつの間に、地域老人《ちいきろうじん》の憩《いこ》いの場、ってことになったのだろう。第一、日菜子《ひなこ》の祖父《そふ》ではないのだし。

その時、ちょうど通りかかった三浦健斗《みうらけんと》が、プリントをひょいと奪《うば》った。

「なんだよ、これ。無人で、だれも住んでませんって、当たり前だろ。無人で、の一言、余分《よぶん》だな」

その上からの言い方は、いかにも健斗《けんと》らしい。クラスでも成績《せいせき》はトップクラスながら、皮肉屋で人望は今ひとつなのだ。だが、弁《べん》は立つ。健斗《けんと》にせせら笑われて、日菜《ひな》子《こ》が反発するかと思いきや、何も言わない。それどころか、妙《みょう》にしゅんとして、日菜《ひな》子《こ》の後ろの席に座《すわ》った健斗《けんと》の方にちらっと顔を向けた。

ともあれ、こんなふうに事が進んでしまうことに戸惑《とまど》いながらも、その時の拓真《たくま》は、まださほど真剣《しんけん》に考えていなかった。

ポラリスという会社にしたって、こんな中学生の思いつきを本気で考えてくれるとは、思っていなかったのだ。

ところが、その数日後の朝、

「拓真《たくま》、明日《あした》、東京《とうきょう》に行くからね」

と、いきなり日菜子《ひなこ》に言われてしまった。否《いや》も応《おう》もあったものではない。

こうして拓真《たくま》は、日菜子《ひなこ》の旗振《はたふ》りで東京《とうきょう》に行くことになった。翠《すい》ももちろん同行する。

放課後、三時半に学校を出て、カバンを持ったまま、おりよくやってきたバスに乗り込《こ》む。美山《みやま》駅で電車に乗り換《か》えて一時間。迷《まよ》いながら目指す場所についた時、すでに午後五時近かった。

ポラリスは、都心のオフィスビルの中にあった。社内は、明るく清潔感《せいけつかん》に溢《あふ》れていた。壁《かべ》の一角に、これまでのプロジェクトが写真とともに展示《てんじ》されている。

受付で、日菜子《ひなこ》が、

「坂本《さかもと》ですが、白石《しらいし》さんをお願いします。アポイントは取ってあります」

と、堂々と言ってのけた。アポイントは取ってあるなんて、そんな言い方は自分にはできない。何かと面倒《めんどう》くさいやつだが、たいしたものだとも思う。

翠《すい》はといえば、どこかおどおどとしたところを隠《かく》せずに、日菜子《ひなこ》の背後《はいご》で小さくなっている。それはまあ、拓真《たくま》も同様なのだが。

少しすると、すらっとした女性《じょせい》が近づいてきた。白いブラウスに季節を先取りする

ような明るいグリーンのカーディガンを羽織《はお》っている。日菜子《ひなこ》が一、二歩歩み寄《よ》り、

「こんにちは、お世話になります」

と、挨拶《あいさつ》をする。拓真《たくま》も翠《すい》もペコンと頭を下げた。

白石茜《しらいしあかね》と名乗ったその女性《じょせい》に誘《いざな》われて、三人はガラス戸つきの小さなブースに向かった。ふと見ると、同じようなブースがいくつか並《なら》んでいて、打ち合わせをしているらしい人たちがいる。

拓真《たくま》たちは、そのブースで、茜《あかね》と向かい合うようにして座《すわ》った。それから、茜《あかね》は名刺《めいし》を一枚《まい》取り出して、テーブルの上に置いた。

「これは、代表の人にお渡《わた》しするわね」

のぞき込《こ》むように名刺《めいし》を見ると、

株式会社《かぶしきがいしゃ》ポラリス　キュレーター
白石《しらいし》 茜《あかね》

と記されていた。当然のように名刺《めいし》を手に取った日菜子《ひなこ》だが、

「はい、拓真《たくま》が持っていて。あんたがプロジェクト・リーダーだからね」

と告げた。

「え?」

そんな話は聞いてない。拓真《たくま》は、やはりきょとんとしている翠《すい》をちらっと見てから、日菜子《ひなこ》に目を移《うつ》した。

「当たり前でしょ。あんたのおじいさんのことなんだから」

そのやりとりを、穏《おだ》やかな笑顔で聞いていた茜《あかね》が、クラウドファンディングの仕組みについて説明をする。

実際《じっさい》にプロジェクトを行うには、ポラリスの審査《しんさ》を通らなければならず、見るからに実現《じつげん》できそうもないプロジェクトではだめだと聞いて、拓真《たくま》は不安になった。中学生のプロジェクトなんてだめに決まっていると思いながら。

「あの、未成年でも、できるんですか」

と、おずおずと聞く。

「大丈夫《だいじょうぶ》よ。保護者《ほごしゃ》の承諾《しょうだく》は必要だけれど。現《げん》に、高校生がぼろぼろだった駅を修《しゅう》理《り》するというプロジェクトを達成させたし、中学生が取り組んでいる例もいくつかあるのよ」

「へえ、じゃあ、あたしたちだってできるかな」

「翠《すい》、できるかな、じゃなくて、やるんだよ」

日菜子《ひなこ》はあくまで強気だ。

会社の審査《しんさ》を通ったら、実際《じっさい》にプロジェクトが始まる。どんなプロジェクトで、調達したい資金《しきん》がいくらか、何日間で達成を目指すか、それから、リターンをどうするか。

「リターンって、お礼のことですよね」

「そう。うちで進めているクラウドファンディングにはね、三つの種類があるの」

と茜《あかね》がまた説明してくれた。その三つとは、支援者《しえんしゃ》に対してリターンのない寄付《きふ》型《がた》、リターンとして金銭《きんせん》以外の物や権利《けんり》を手に入れられる購入型《こうにゅうがた》、金銭的《きんせんてき》なリターンをする金融型《きんゆうがた》の三つ。今、クラウドファンディングとして話題になっているのは購《こう》入型《にゅうがた》で、ポラリスでもいちばん多いという。

「あの、映画《えいが》で話題になったのも、それなんですね」

「そう。それから、商品開発の場合などは、リターンとしてその商品を手に入れられる、ということもあるの」

「へえ？　あたし、何ほしいかなあ」

翠《すい》がとんちんかんな反応《はんのう》をして、茜《あかね》がクスッと笑う。

「じゃあ、リターンをどうするかも、しっかり考えなければいけないってことですね」

「そうね。そうしてプロジェクトの概要《がいよう》が決まったら、サイトにアップする」

「サイトはいくつか見ました。達成したプロジェクトのサイトに、赤い字で『ゴール！』って書いてあるじゃないですか。いいなあって。やるからには達成させたいです」

と日菜子《ひなこ》がまた前のめりの発言をする。まだやるかどうかも決まってない。というよりも拓真《たくま》には、やれる自信がない。仮《かり》に始めたとして、本当にお金が集まるのだろうか。

「できなかった場合は、どうなるんですか」

拓真《たくま》が聞いた。

「達成できなかった場合は、お金が入らないだけ。その場合、プロジェクトを立ち上げた人から、手数料なんかは一切《いっさい》もらわないから、お金の負担《ふたん》をする必要はないのよ」

「お金を払《はら》っちゃった人は、どうなるんだろ」

翠《すい》が首を傾《かし》げながらつぶやいた言葉を、茜《あかね》は笑顔《えがお》で拾った。

「支援《しえん》する人が実際《じっさい》にお金を払《はら》うのは、プロジェクトが成立した時なのよ」

「じゃあ、達成できなかった場合でも、お金を返すとかは、しなくていいわけですね」

「そう。資金《しきん》を集めるのはインターネットを通じて行うんだけど、送金のメインはクレジット決済《けっさい》。支援《しえん》する人は、最初に会員登録をする。クレジットカードの情報《じょうほう》も知らせてもらって、達成と同時に支援《しえん》した金額《きんがく》が引き落とされるの」

「ってことは、クレジットカードがないと、できないんですか」

「銀行振《ふ》り込《こ》みもできるけれど、少数派《しょうすうは》ね」

一通りの説明を聞いたあとで、古民家修理《しゅうり》の話をすることになった。

「大原《おおはら》が説明して」

と日菜子《ひなこ》に命じられて、しかたなしに拓真《たくま》は、行方不明事件《ゆくえふめいじけん》のことから訥々《とつとつ》と話した。くどい、という日菜子《ひなこ》の視線《しせん》を感じたが、きちんと話せるようなタイプではないからしかたない。茜《あかね》は、特に急《せ》かすようなこともなく、辛抱強《しんぼうづよ》く聞いてくれた。

「それで、老人の憩《いこ》いの場にしたいというわけね」

「いや、それは、坂本《さかもと》……さんの考えで、おれは別に、じいちゃんがたまにあそこで過《す》ごせたらって思っただけです。でも、そんなの、だめですよね」

「そんなことはないわよ。ただし、憩《いこ》いの場にしたい、という方が、支援《しえん》してくれる人は多いでしょうね」

「あたし、いいと思うんだよね。奥沢《おくさわ》地区って、何もないけど、きれいなとこなんです。ほんと、何もないけど」

翠《すい》がぽつりと言った。

「だいたい、気持ちはわかったから、もう少しメンバーで相談して、ほんとにやりたいことをはっきりさせることが大事かな。具体的に何をしていくのか。家の修理《しゅうり》をするにしても、どことどこを修理《しゅうり》するのか。それも目的によって変わってくると思うけれど。ただ、何をするかをはっきり決めないと、支援金《しえんきん》の額《がく》も決められないからね。それから、保護者《ほごしゃ》の方にも、ちゃんと理解《りかい》してもらわないと。だから、しっかり検討《けんとう》してから、また連絡《れんらく》してね」

「わかりました」

日菜子《ひなこ》が元気よく答えてから、

「と、代表の、大原拓真《おおはらたくま》も言ってます」

と付け加えた。言ってないって、と思いながら拓真《たくま》は頭を下げた。

「よろしくお願いします」


その日、家に帰り着いたのは七時過《す》ぎ。

「ずいぶん遅《おそ》かったわね」

と、母にいぶかしがられたが、適当《てきとう》にごまかした。

夕食後、風呂《ふろ》の中で、拓真《たくま》は、ポラリスでのことを思い出していた。行く前は、本当に相手にされるのか疑心暗鬼《ぎしんあんき》だったけれど、まだきちんとした計画もできていない話なのに、茜《あかね》はちゃんと聞いてくれた。そのことに拓真《たくま》は、かなり驚《おどろ》かされた。同時に、もしも本当にあの家を、どうにかできたら、と考え始めていた。

でも、いちばん肝心《かんじん》なのは勇《いさむ》の気持ちだ。拓真《たくま》は、思い切って勇《いさむ》の部屋《へや》を訪《おとず》れた。

ドアを細く開けて、

「じいちゃん」

と声をかける。返事がなかった。拓真《たくま》が中に入ると、勇《いさむ》は、床《ゆか》の上でベッドに寄《よ》りかかるようにして、目を閉《と》じていた。ドキッとして近づくと、

「じいちゃん」

と、肩《かた》を揺《ゆ》すった。勇《いさむ》の口元に笑みが浮《う》かび、ゆっくりと目が開く。

「なんだ、拓真《たくま》。おれはまだ死んでないぞ」

「え、縁起《えんぎ》でもないこと、言わないでよ」

「おまえは、時々若者《わかもの》らしくない物言いをする」

だとしたら、ばあちゃんのせいだよ、と思ったが、口にはしなかった。

「うたた寝《ね》？　風邪《かぜ》引くよ」

「笑美子《えみこ》の、笑い声がな、聞こえた気がした」

祖母《そぼ》が夢《ゆめ》に現《あらわ》れて、それで少し笑ったのだろうか。

拓真《たくま》は、その場に正座《せいざ》すると、勇《いさむ》に向き合った。

「あのさあ……」

「なんだ、言いたいことがあるなら、はっきりせんか」

「奥沢《おくさわ》の家なんだけど。どうするの」

「…………」

「やっぱりさあ、住めなくても、時々、あそこに行けたら、いいのかなって」

「そうもいかないだろう」

「でも、あそこ、好きなんでしょ」

「……そりゃあ、おまえ、おれが育ったところだから」

「ずっと、あそこに住んでたんだもんね。ばあちゃんとの思い出も、詰《つ》まってるし」

ばあちゃんと言ったとたん、勇《いさむ》は少し顔をゆがめた。まずいことを言ったかなと、背中《せなか》がひやりとした。なんだか、勇《いさむ》の身体が一回り小さくなったような気がする。つ
いさっき、笑い声が聞こえた気がしたと言ったことを思い出し、拓真《たくま》は心の中で、呼《よ》びかける。

——ばあちゃん、まだ、じいちゃんのこと、そっちに呼《よ》ばないでよ……。

拓真《たくま》は、気分を変える、というように努めて明るい声を出した。

「おれ、あの家好きだし。この間は、楽しかったよね」

勇《いさむ》は、目を細めて拓真《たくま》を見て頷《うなず》いた。

「ねえ、じいちゃん、傷《いた》んでるところ修理《しゅうり》してさ、たまに、あそこで過《す》ごせたらいいと思わない？　で、奥沢《おくさわ》の人たちとお茶飲んだりして」

一瞬《いっしゅん》、勇《いさむ》の表情《ひょうじょう》が固まった。それから小さく息を吐《は》き、寂《さび》しそうに笑った。

「拓真《たくま》、そういうのはな、見果てぬ夢《ゆめ》だな。しかし、じいちゃんは、もう夢《ゆめ》を見るには年を取りすぎたよ」

その時拓真《たくま》は、本当になんとかしたい、と強く思った。

5 チーム結成

「おはよう、拓《たく》ちゃん」

声に振《ふ》り返ると、千聖《ちさと》が立っていた。目が合ったとたん、なぜか胸《むね》がドキッとした。

「おはよう」

と、千聖《ちさと》が真《ま》っ直《す》ぐに向ける視線《しせん》をかわしながら、応《おう》じる。そのまま、なんとなく並《なら》んで歩き始めたが、つい、あたりをうかがってしまう。こんなふうに一緒《いっしょ》に登校したら、誤解《ごかい》されるかもしれないと思ったのだ。だが、千聖《ちさと》の方は、さほど気にとめる様子がない。

「翠《すい》にちょっと聞いたんだけれど、おじいさんの家、修理《しゅうり》するって」

「あ、いや、まだ決まったわけじゃなくて」

あたふたと答えながら、翠《すい》と千聖《ちさと》は仲が良かったのだろうかと首をひねる。

「クラウドファンディングで資金《しきん》を集めるんでしょ。それで、もしよかったら、わたしにも手伝《てつだ》わせてもらえないかなって思ったの」

「それは、助かるかも」

最近はあまり話すこともなくなっていたが、日菜子《ひなこ》や翠《すい》よりはずっと気心が知れている。それだけではない。拓真《たくま》にとって千聖《ちさと》は、初恋《はつこい》の女の子なのだ。千聖《ちさと》自身は知らないことだけれど。

「ありがとう。小さい頃《ころ》、拓《たく》ちゃんのおばあさんに、奥沢《おくさわ》の山で遊んでもらったし。少しでも役に立てたら嬉《うれ》しい」

そうだった。祖母《そぼ》の笑美子《えみこ》が車で迎《むか》えに来てくれて、一緒《いっしょ》に奥沢《おくさわ》の家に泊《と》まった。姉の真穂《まほ》や千聖《ちさと》の姉も一緒《いっしょ》だった。そんなことは、すっかり忘《わす》れていたけれど。

「なんか、懐《なつ》かしいな」

「たしか、庭に樫《かし》の木、あったよね。一緒《いっしょ》に登ったことなかった？」

「登った！」

「あと、裏《うら》の雑木林《ぞうきばやし》で、落ち葉とか、木の実集めたり。栗拾《くりひろ》いしたこともあったよね。わたし、お姉よりも、真穂《まほ》ちゃんにくっついてたなあ」

ふと、幼《おさな》い頃《ころ》の千聖《ちさと》が、真穂《まほ》に手を引かれて歩いている光景がよみがえった。あの頃《ころ》の真穂《まほ》は、けっこう面倒見《めんどうみ》がよかった。とはいえ、拓真《たくま》自身は、男一人《おとこひとり》で、少しばかり居心地《いごこち》が悪い思いをしていたものだが。

「ねえ、拓《たく》ちゃん。三浦《みうら》くんを入れるといいと思う」

千聖《ちさと》の言葉で、一気に現実《げんじつ》に引き戻《もど》される。

「三浦健斗《みうらけんと》？」

斜《なな》め後ろの席に座《すわ》る男子生徒の顔を思い浮《う》かべて、思わず眉《まゆ》が寄《よ》った。健斗《けんと》は、頭はいいけれどちょっとくせがある生徒だ。加わってくれるとは思えない。そんな思い

が伝わったのか、千聖《ちさと》は、

「皮肉屋だし、素直《すなお》じゃないけど、三浦《みうら》くんがいると、いいと思うよ」

と笑ったが、拓真《たくま》はうーんと首を傾《かし》げた。

「千聖《ちさと》のことは、坂本《さかもと》に話しておく」

「うん。拓《たく》ちゃんが話せばOK《オーケー》だよね。拓《たく》ちゃん、日菜子《ひなこ》と仲良しだもんね」

そう言うと、千聖《ちさと》は仲のいい友だちでも見つけたのか、じゃあ、と軽く手を上げて、小走りで先に行ってしまった。日菜子《ひなこ》と仲良し？　いや、そんなことはない、という、口にすることができなかった言葉が空《くう》を舞《ま》う。よりによって、千聖《ちさと》にあんなことを言われてしまうなんて。それというのも、つい、日菜子《ひなこ》の言いなりになってしまう、自分の根性《こんじょう》なしのせいだと思うと、自己嫌悪《じこけんお》に陥《おちい》る。

何はともあれ、千聖《ちさと》の申し出はありがたかった。学校に着くと、さっそく日菜子《ひなこ》に伝えた。

「千聖《ちさと》？　なんで」

「だめか？」

「そんなの、あんたが決めていいよ。あんたがリーダーなんだから」

「わかった」

自分が決めていいと言われたので、千聖《ちさと》に仲間になってほしいと伝え、その日の放課後、さっそく拓真《たくま》と日菜子《ひなこ》の席のまわりに、四人で集まった。

日菜子《ひなこ》の後ろの席の健斗《けんと》が、

「おまえら、何やってんの？　っていうか、女三人に囲まれて、大原《おおはら》、ハーレム状態《じょうたい》じゃん」

などと言う。ハーレムって、そんな気持ちのいいもんじゃ……いや、ハーレムがどうかはわからないけれど。

日菜子《ひなこ》は、千聖《ちさと》を熱烈歓迎《ねつれつかんげい》したわけではなさそうだが、さりとていやがっている様子はまったくなく、昨日、茜《あかね》から聞いたことをかいつまんで説明した。なぜか健斗《けんと》も、一緒《いっしょ》になって聞いていた。

「わたしも、翠《すい》に聞いて、ポラリスのサイト、見てみたよ」

「へえ、千聖《ちさと》、えらいじゃん」

「だって、拓《たく》…大原《おおはら》くんのおばあさんには、お世話になったし」

「そっか。けど、日菜子《ひなこ》、すごい。あたし、昨日聞いててよくわかんなかったこと、今聞いてわかったよ。けど、ポラリスって、何でもうけてるのかな」

と、翠《すい》が首をひねる。

「なんでって……」

「だってさあ、プロジェクトが成立しなかった場合、お金取らないって言ってたし」

「それは、成立した時に手数料を取るからだよ。集めるお金のうちの一定の金額《きんがく》を、会社に払《はら》うんだ」

いきなり、健斗《けんと》が口をはさんだ。

「え？　そうなの？」

「ばかだなあ。じゃなきゃ成り立たないだろ。成功報酬《せいこうほうしゅう》だよ。だから、会社もできるだけプロジェクトを成立させようとするんだ」

「あんた、詳《くわ》しいね」

と日菜子《ひなこ》が言うと、健斗《けんと》は、少し得意そうな顔を見せた。

「三浦《みうら》くんも入ってくれたらいいのに。でも、だめだよね、きっと」

千聖《ちさと》が言って、ちらっと拓真《たくま》を見た。拓真《たくま》が日菜子《ひなこ》の様子をうかがうと、

「決めるの、リーダーだから」

と言った。

「え？　リーダーって、坂本《さかもと》じゃないの？」

健斗《けんと》が素《す》っ頓狂《とんきょう》な声を出した。

「だって、大原《おおはら》のじいちゃんの話だから。リーダーは大原《おおはら》だよ」

そう言ったのは、日菜子《ひなこ》ではなく翠《すい》だった。

その時、拓真《たくま》は千聖《ちさと》の思惑《おもわく》がやっとわかった。猪突猛進《ちょとつもうしん》の日菜子《ひなこ》の弱点は、もしかしたら健斗《けんと》なのではないか？　それがなぜかは拓真《たくま》にはわからない。まさか、健斗に恋《こい》をしているとも思えないのだが、もとより、女心なんて拓真《たくま》にはわからない。いずれにしても、日菜子《ひなこ》の暴走《ぼうそう》を抑《おさ》える役として健斗《けんと》は役立つようだ。

「もし、三浦《みうら》が加わってくれたら、おれは心強いかも。ほら、何しろ、頼《たよ》りないリーダーだから。っていうか、時々、相談に乗ってくれるとか」

「でも、三浦《みうら》くんは、高校もいいとこ狙《ねら》ってるでしょうから、勉強も忙《いそが》しいんじゃない？」

とまた千聖《ちさと》が言った。目が合うと、千聖《ちさと》は口元に笑みを浮《う》かべた。拓真《たくま》は、あえて逆《ぎゃく》のことを言っている千聖《ちさと》に感心した。案《あん》の定《じょう》、健斗《けんと》がぽつりとつぶやく。

「そうでもないけど」

「じゃあ、加わってくれないかな。おれ以外全部女子ってての、けっこうきついし。頼《たの》みます」

拓真《たくま》は、深々と頭を下げた。

「そこまで、言うならな」

「けど、おれ、まだ何も話してない。じいちゃんにも」

「いいよ。計画作ってから、話せば。その方が後戻《あともど》りできないでしょ」

日菜子《ひなこ》が不敵《ふてき》に笑う。強引すぎないだろうかと思ったが、先日の勇《いさむ》の様子を考えると、なんとかしたいという気持ちが勝った。実際《じっさい》に茜《あかね》に話を聞いて、あれこれ考えているうちに、拓真《たくま》も本気モードになっていた。

三日後、日菜子《ひなこ》がプロジェクト案を持ってきた。家の修理《しゅうり》の見積もりには、日菜子《ひなこ》の姉の遥菜《はるな》が手を貸《か》してくれたという。遥菜《はるな》は、興味《きょうみ》を持ってくれたようで、できるかぎり協力するという。やっぱり大人《おとな》の援助《えんじょ》はありがたい。その思いが伝わったわけではないだろうが、

「これは、中学生によるプロジェクトだから。そこがウリの一つだよ」

と日菜子《ひなこ》がきっぱり言った。

プロジェクト「古民家の修理《しゅうり》。地域《ちいき》の人がくつろげる場所を作る」
目標《もくひょう》金額《きんがく》　一〇〇万円（雨漏《あまも》り修理《しゅうり》。畳替《たたみが》え。テーブル購入《こうにゅう》）
日にち　二カ月（終了日《しゅうりょうび》　四月初め）。
リターン
五〇〇〇円　お礼のお手紙。？
一万円　お礼のお手紙。？
五万円　お礼のお手紙。？

拓真《たくま》は、金額《きんがく》を見て内心びびった。一〇〇万円なんて大金、集まるのだろうか。でも、遥菜《はるな》が見てくれたのだから、それぐらいは必要ということだろう。

「リターン、何にしたらいいか、わかんなくて。どうしたらいいと思う？」

日菜子《ひなこ》の問いに、すぐに翠《すい》が応《おう》じた。

「栗木《くりき》らしいものがいいよね」

「それが、何かってことだろ」

と、健斗《けんと》が突《つ》っ込《こ》む。

「何もないもんなあ。あ、でも、野菜とか作ってる人、いるかも」

「翠《すい》、野菜って何が採《と》れるかわかってんの？」

「ダイコンとか、ネギとかかなあ」

「まあ、奥沢《おくさわ》の農産物としとけばいいんじゃないか？」

健斗《けんと》が言うと、日菜子《ひなこ》は、

「OK《オーケー》、じゃあ、加えるね。ほかには？」

と、あっさり言った。

「杉《すぎ》を使ったものとかは？」

千聖《ちさと》が言うと、すぐにまた健斗《けんと》が口を開いた。

「たしか、杉《すぎ》の木工《もっこう》やってる人、いただろ。間伐材《かんばつざい》とか使って」

「あ、それ、姉貴《あねき》が知ってる人かも。じゃあ、それ、入れよう」

ということで、拓真《たくま》が一言も口をはさまないうちに、リターンは、杉《すぎ》の加工品と、奥沢《おくさわ》の農産物に決まった。

企画案《きかくあん》は、その日のうちに、拓真《たくま》がメールで、ポラリスの茜《あかね》に送った。

茜《あかね》からは、すぐにアドバイスがきた。

見積もりが甘《あま》いこと。もう少し厳密《げんみつ》に。具体的にどこを修理《しゅうり》して、どんな家にするつもりなのか。リターンについても、「具体的なものを示《しめ》すように」とのことだった。サイトに何をどう載《の》せるのかも考えなければいけない。トップに持ってくる文章や写真はとても大事なのだ。茜《あかね》は、わからないことがあったら、いつでも相談に乗ると言ってくれた。

拓真《たくま》たちは、練り直した計画を持って、次の土曜に奥沢《おくさわ》集落の勇《いさむ》の家に行くことにした。勇《いさむ》に来てもらって、そこで計画を打ち明けるのだ。

「あんたの使命は、おじいさんを連れてくることだからね。わかってるね」

拓真《たくま》は、日菜子《ひなこ》にバシッと背中《せなか》をたたかれ、思わず、うっ、となる。けっこうプレッシャーだ。でも、きっと行きたいと思ってくれるはずだ。そう信じるしかない。

その夜、拓真《たくま》が奥沢《おくさわ》の家に行こうと勇《いさむ》を誘《さそ》うと、意外なことに、はじめは渋《しぶ》られてしまった。いつまでもこだわっていてもしかたない、などと言うのだ。けれど、じい

ちゃんと夕日が見たいという拓真《たくま》の言葉に、勇《いさむ》はようやく、
「なら、行くか」
と言ってくれたのだった。

あいにく、寒い日だった。天気予報《てんきよほう》は曇《くも》り時々雪で、朝方、ちらちらと小雪が舞《ま》っていた。

「今日は、やめておいたら？」
と母に言われたが、そうもいかない。昼食後すぐに、日菜子《ひなこ》と姉の遥菜《はるな》が迎《むか》えに現《あらわ》れた。車は八人ぐらい乗れるバンで、それにカセットガスヒーターと熱いお茶を入れたポットを積み込《こ》み、使《つか》い捨《す》てカイロも持ち、勇《いさむ》には厚手《あつで》のジャケットを着せて、出発した。千聖《ちさと》、健斗《けんと》、翠《すい》の順にピックアップして、奥沢《おくさわ》を目指す。

「ラッキー、晴れてきた」
助手席に座《すわ》っていた日菜子《ひなこ》がはしゃいだ声を上げる。言葉どおり雲が切れて、弱々しいながら日差しが差し込《こ》む。ほどなく勇《いさむ》の家に到着《とうちゃく》した。

「車なら、あっという間なんだけどね」

と、翠《すい》がつぶやいた。遥菜《はるな》は、五時頃迎《ごろむか》えにくると言って、帰っていった。

これからが作戦会議だ。目的は二つ。メンバーに、実際《じっさい》に家を見てもらうこと。そして、勇《いさむ》に自分たちの計画を話すことだ。

「わあ、懐《なつ》かしいなあ。木もあのままだ」

千聖《ちさと》が家を見上げて言いながら、スマホを向けて写真を撮《と》る。庭には、昔、千聖《ちさと》も登ったことのある樫《かし》の木のほか、柿《かき》の木もある。そして家の裏側《うらがわ》には、夏には心地《ここち》よい木陰《こかげ》を作る欅《けやき》の大木が枝《えだ》を広げていた。

「りっぱな家ですね」

健斗《けんと》が、やけに丁寧《ていねい》な口調で勇《いさむ》に語りかける。

「いや、もうあちこち、傷《いた》んでるボロ家だ」

拓真《たくま》は、苦戦しながらも、なんとか自力で引き戸を開けて、みなを招《しょう》じ入れた。

それから、西南の部屋《へや》にカセットガスヒーターを置いて点火する。勇《いさむ》には、日当たりのいい場所に座《すわ》ってもらった。

「拓真《たくま》、用意いいじゃん」

日菜子《ひなこ》が感心したように言った。

「見せてもらうぞ」

健斗《けんと》は、さっそく家の中をあちこち歩き回る。それに翠《すい》と日菜子《ひなこ》が従《したが》った。

「わたしは、わかってるから」

千聖《ちさと》はそう言って、拓真《たくま》のお茶の用意を手伝《てつだ》った。手が切れそうなほど冷たい水で、湯飲みをさっと洗《あら》い、千聖《ちさと》に拭《ふ》いてもらった。

トレイに茶碗《ちゃわん》を並《なら》べてポットのお茶を注ぎ、母が持たせてくれた菓子《かし》を並《なら》べたところで、三人が戻《もど》ってきた。

「わあ。お菓子《かし》まで。拓真《たくま》、案外気が利《き》くね。なんか楽しい」

と翠《すい》が甲高《かんだか》い声で言った。

「あ、わたしも、お煎餅《せんべい》持ってきたけど、おじいさん、お煎餅《せんべい》、大丈夫《だいじょうぶ》?」

日菜子《ひなこ》が聞いた。

「歯は、丈夫《じょうぶ》だよ。おじょうちゃん」

「じゃあ、どうぞ」

「拓真《たくま》のおじいさんって、けっこうイケメンですね」

翠《すい》が言うと、

「昔からよ。やさしかったし」

と千聖《ちさと》。女子三人に囲まれ、勇《いさむ》はまんざらでもなさそうな顔でにこにこしている。

「なんか楽しいね」

翠《すい》がはしゃいだような声をあげ、千聖《ちさと》はまたスマホを取り出して、その様子を写真に収《おさ》めた。

「見せて」

日菜子《ひなこ》がスマホを奪《うば》い取る。

「へえ？　千聖《ちさと》、写真、うまいね。あんた、写真係、決定ね」

コホンと、健斗《けんと》が咳払《せきばら》いをすると、

「で、どうかな」

と、日菜子《ひなこ》が、慌《あわ》てて言い添《そ》える。笑いをかみ殺して、拓真《たくま》が千聖《ちさと》に告げた。

「頼《たの》みます」

「喜んで」

にっこり笑った千聖《ちさと》と目が合って、なぜか、拓真《たくま》は少し胸《むね》が苦しくなる。昔みたいにチーちゃん、と呼《よ》んでみたい。できるわけないけど。

菓子《かし》を食べて一服してから、拓真《たくま》は日菜子《ひなこ》に肘《ひじ》でつつかれた。ちゃんと話を切り出せ、ということだろう。

「じいちゃん、実は今日は相談があるんだ」

「相談？」

「おれたち、この家を、修理《しゅうり》したいんだ」

「おれたちって、どういうことだ？」

「あたしたちってことです！」

日菜子《ひなこ》が口を出した。勇《いさむ》の視線《しせん》が日菜子《ひなこ》に移《うつ》る。が、言わんとすることがわからない、という顔をしている。当たり前だ。勇《いさむ》にしてみたら、寝耳《ねみみ》に水の話だろう。

「つまり、ここを修理《しゅうり》して、もっと快適《かいてき》な空間にして、みんなの居場所《いばしょ》にしたいんです。ほかの人にも開放して、地域《ちいき》の憩《いこ》いの場所になればいいなって。これだけの広い家、空き家にしておくの、もったいないです」

「そんなこと言っても、修理《しゅうり》にいくらかかるかわからんし。生活するわけでもない家に、余分《よぶん》な金はかけられないよ」

勇《いさむ》は、穏《おだ》やかな声でそう言った。

「お金は、大丈夫《だいじょうぶ》です」

「……どういうことだ？」

勇《いさむ》は、日菜子《ひなこ》ではなく、拓真《たくま》の方に顔を向けて首を傾《かし》げる。

「あのね、クラウドファンディングっていうのがあるんだよ」

「クラウド？」

拓真《たくま》は、訥々《とつとつ》と説明を始めた。インターネットを通じて資金《しきん》を集める仕組みで、現《げん》在《ざい》、いろんな取り組みがされていること、そして、実際《じっさい》に運営会社《うんえいがいしゃ》を訪《たず》ねてきたこと。言葉に詰《つ》まると、日菜子《ひなこ》が上手《じょうず》に説明を加える。

こうして、説明が一段落《いちだんらく》した時、門から入ってくる人が見えた。久子《ひさこ》だった。

「こんにちは」

久子《ひさこ》が勇《いさむ》に笑顔《えがお》を向ける。

「おや、久子《ひさこ》さんか。元気かね」

「この間会ったばかりよ。さっき、康一《こういち》さんから電話があって、また勇《いさむ》さんと拓真《たくま》くんが来るって聞いたの」

「父さんが？」

拓真《たくま》が聞くと、久子《ひさこ》は頷《うなず》いた。

「でも、こんなにたくさん、若《わか》い人と一緒《いっしょ》だったなんて。勇《いさむ》さん、大モテね」

「あ、四人とも、おれと同じクラスなんです。えーと、この人は、黒島久子《くろしまひさこ》さん。この近くに住んでる。っていっても十分ぐらい離《はな》れたとこだけど」

と、拓真《たくま》が同級生たちに説明する。

「若《わか》い人の声がするって、本当にいいわねえ。奥沢《おくさわ》では、もう長いこと聞いてない気がする」

「けど、昔はお祭りの時、この先の神社までお神輿《みこし》担《かつ》いだんですよね」

翠《すい》の言葉に、久子《ひさこ》が笑顔《えがお》になった。

「よく知ってるわね」

「うちのじいちゃんも、小さい頃《ころ》は奥沢《おくさわ》で育ったから。もう死んじゃったけど。あ、あたし、山川翠《やまかわすい》って言います」

「ああ、山川《やまかわ》さんの。山川《やまかわ》さんのお宅《たく》は、山津波《やまつなみ》に遭《あ》って奥沢《おくさわ》を引《ひ》き払《はら》ったの。まだ、わたしが小さい頃《ころ》の話」

「歴史を感じるなあ」

と、健斗《けんと》がつぶやく。

「久子《ひさこ》さん、この子たちがな、クラウドなんとかで金集めして、ここを修理《しゅうり》して使えるようにしたいんだと」

勇《いさむ》が、半ばあきれたような口調で告げる。

「そんなことができたら、すてきね」

「できるんです！」

日菜子《ひなこ》はきっぱり言って、今度は拓真《たくま》に説明させようとはせずに、一気にまくしたてた。

「なんだか、よくわからないけれど、でも、ここは奥沢《おくさわ》のど真ん中だから、集まるにはちょうどいいわね。笑美子《えみこ》さんがいらした時は、わたしもよくお邪魔《じゃま》していたのよ」

「お年寄《としよ》りだけでなく、若《わか》い人もここに来て、自然にふれたりできればいいですよね」

千聖《ちさと》が、遠慮《えんりょ》がちに口を出す。

「まあ、そうなったら、どんなにいいかしら」

「やっぱ、足がいるよな。車がないと。今日は、坂本《さかもと》のお姉さんに連れてきてもらったけどさ」

健斗《けんと》の言葉に久子《ひさこ》が頷《うなず》く。

「そうよねえ。わたしが迎《むか》えに行ってもいいけど」

「運転、するんですか？」

翠《すい》が驚《おどろ》いたように聞いた。

「そうよ。わたしにはまだ免許《めんきょ》が必要なの。次の更新《こうしん》では、認知症《にんちしょう》のチェックがあるけど、でも、ここで暮《く》らしてる人間は、免許返納《めんきょへんのう》って言われても困《こま》るのよねえ」

「バスもなくなっちゃいましたもんね」

「そうそう」

話がそれていきそうになって、健斗《けんと》が引き戻《もど》す。

「送り迎《むか》えの費用、組み込《こ》んだ方がいいな」

「そうだね。ハル姉にも聞いてみる。でさあ、さっき、翠《すい》が祭りの話してたでしょ。それ、復活《ふっかつ》したくない？　町おこしっていうか。盆踊《ぼんおど》りとかもいいかも。それで、東《とう》京《きょう》とかに行ってる人も、呼《よ》び寄《よ》せられるじゃん」

「あのなあ、坂本《さかもと》。そんなにいっぺんにできないだろ？　一つずつ着実にだよ」

健斗《けんと》がたしなめると、日菜子《ひなこ》は、

「そうでした」

と、素直《すなお》に言って、ペロッと舌《した》を出した。なるほど、前に千聖《ちさと》が言っていたのは、こういうことかと、拓真《たくま》は密《ひそ》かに納得《なっとく》した。

「おじいさんは、何か、要望、ありますか？」

日菜子《ひなこ》が、勇《いさむ》に聞いた。

「いきなり聞かれてもなあ」

「雨漏《あまも》りの修理《しゅうり》や、畳替《たたみが》えは、考えてるから」

拓真《たくま》が言うと、日菜子《ひなこ》がまた思いつきを口にする。

「ねえいっそ、一部屋《へや》ぐらい、洋間にしない？」

「それよりは、掘《ほ》りごたつとかがあったりする方がいいんじゃない？」

今度は翠《すい》が言い出して、雑談《ざつだん》レベルの話になってしまったが、勇《いさむ》はただ静かに聞いていた。笑顔《えがお》ではいるが、どことなく寂《さび》しそうに思えてしまう。

「じいちゃん、おれたち、よけいなこと、しようとしてる？」

拓真《たくま》の言葉に、一瞬《いっしゅん》、場が固まった。そして、全員の視線《しせん》を一身に集めた勇《いさむ》が、ゆっくりと口を開く。

「そんなことは、ない」

「なら、いいけど」

「そうだ、ねえねえ、最近さあ、子ども食堂っていうの、流行《はや》ってるらしいんだけど、それ、ここでやったらどうだろ」

日菜子《ひなこ》の言葉に、すぐに翠《すい》が反応《はんのう》した。

「それ、何？」

「東京《とうきょう》の従姉《いとこ》に聞いたの。今、一人《ひとり》でご飯食べてる子とか、多いんだって。それで、月に何回とか決めて、そういう子たちが、みんなでご飯を食べられるようにするんだって。ポラリスのサイトにも、あったと思うんだよね。そういうのってさ、けっこう支援《しえん》集まるよ」

「子ども、いないだろ。この地区に」

健斗《けんと》があきれたように言って、久子《ひさこ》がおかしそうに笑った。

「でも、みんなでご飯食べられたら、楽しいわねえ。子どもじゃなくて、じじばばでってことになるけど」

と、そんな話をしているうちに、庭に車が入ってくるのが見えた。遥菜《はるな》が迎《むか》えにきたようだ。

「あれ？　もうそんな時間？」

「あら、ほんと。もうすぐ五時だわ。戻《もど》らなくちゃ。わたしは応援《おうえん》するわよ。ううん、協力するから。がんばってね」

と言い残して久子《ひさこ》が立ち上がる。拓真《たくま》は慌《あわ》てて久子《ひさこ》を追いかけた。

「あの、お返しの品に、ここの農産物とか、協力してくれる人、いますか」

「任《まか》せて。紹介《しょうかい》するわよ」

「ありがとうございます！」

拓真《たくま》は深々と頭を下げた。その時、久子《ひさこ》と入れ替《か》わるように、遥菜《はるな》が玄関《げんかん》から入ってきた。

「じゃ、戻《もど》りますか？」

「あ、ちょっとだけ待ってくれよ。お姉さんも中に上がってください」

と拓真《たくま》はみなを廊下《ろうか》に誘《いざな》った。それから、西の空を指さす。すっかり傾《かたむ》いた太陽が、空を茜色《あかねいろ》に染《そ》めている。

「わあ、きれい」

「千聖《ちさと》、あれ、写真に撮《と》って」

日菜子《ひなこ》が命じるように言うと、千聖《ちさと》はまたスマホを取り出して、夕日を撮《と》った。

「ねえ、みんな縁側《えんがわ》に並《なら》んで。庭から写真撮《と》るよ」

千聖《ちさと》は、自分は玄関《げんかん》から出て庭にまわった。

縁側《えんがわ》では、勇《いさむ》を真ん中にして集まった。

「はい、チーズ！」

何回か、シャッターを切ってから、千聖《ちさと》が戻《もど》ってきた。

「晴れてきてよかったな。ここからの夕日、最高なんだ」

ぽつりと拓真《たくま》がつぶやく。

それから夕日が、山《やま》の端《は》に隠《かく》れるまでの時間――わずか十分にも満たない時間だが、だれも何も口にしなかった。

太陽がすっかり姿《すがた》を隠《かく》し、夕闇《ゆうやみ》が濃《こ》さを増《ま》していくのを見つめて、

「なんだか、心が洗《あら》われるようね」

と、遥菜《はるな》がつぶやく。ふと翠《すい》を見ると、うっすらと涙《なみだ》ぐんでいた。

「やっぱ、奥沢《おくさわ》、いいよね」

その時、日菜子《ひなこ》が、よし、というふうに立て膝《ひざ》をついて伸《の》び上がった。

「古民家を修理《しゅうり》して、だれもが時を忘《わす》れてゆっくりできる、夕日を眺《なが》める家としてよみがえらせたい。これでどう？　リーダー！」

日菜子《ひなこ》は、バシッと拓真《たくま》の背中《せなか》をたたいた。

今後、何かとここを訪《おとず》れることがあるかもしれない。拓真《たくま》は、カセットガスヒーターを置きっ放しにすることにした。

6　おれらのページができた！

勇《いさむ》の了承《りょうしょう》を得られたので、拓真《たくま》は両親に計画を告げた。茜《あかね》からも、未成年のプロジェクトは保護者の承認《しょうにん》がいると言われていたからだ。

母は、半ばあきれ、半ば感心したような様子だった。

「なんか、いろいろやってるなと思ったら、そんなことを考えていたのね」

幸《さいわ》い、父も母も、反対はしなかった。勇《いさむ》が賛成《さんせい》しているなら、かまわないというスタンスだ。姉の真穂《まほ》は、

「まあ、今のうちから失敗を学ぶのもいいかもね。世間はそんなに甘《あま》くない」

と意地の悪いことを言ったけれど。

こうして、二日後《ふつか》、練り直した企画書《きかくしょ》を、拓真《たくま》は茜《あかね》に送った。

審査《しんさ》を通過《つうか》しても、申し込《こ》んでから実際《じっさい》にアップできるまでは、通常《つうじょう》一カ月ぐらいかかるという。でも、春休みまでには終わらせたい。できるだけ早くアップしたいと、茜《あかね》に伝える。身勝手な言い分に思えて気が引けたが、日菜子《ひなこ》に、気の弱いことを言っているんじゃない、と頭をはたかれた。募集期間《ぼしゅうきかん》は、五十日に変更《へんこう》した。

目標金額《もくひょうきんがく》も見直した。前の見積もりには、送り迎《むか》えの費用や、会社への手数料やリターンの送料のほか、細々とした経費《けいひ》などが抜《ぬ》けていたので、金額《きんがく》はさらにアップしてしまった。

それからしばらく、落ち着かない日々が続いた。不安げな拓真《たくま》をよそに、日菜子《ひなこ》はあくまで楽観的だ。翠《すい》も、

「夏祭りとか、やれたらいいなあ」

などと、遠い目で語る。

ある時、拓真《たくま》が、

「審査《しんさ》が通らないこと、考えてないのかな」

と、千聖《ちさと》にぼやくと、千聖《ちさと》はクスッと笑った。

「拓《たく》ちゃんって、悲観的だね」

「けど……」

「だめならそれで、いいじゃない。だれかが損《そん》するわけじゃないんだよ。わたしは、計画することだけで楽しかった。それだけでも、よかったもの」

千聖《ちさと》の言葉で、拓真《たくま》は少しだけ気が楽になった。

それでもやはり、結果が出るまでは気が気でなかった。勇《いさむ》は何も言わなかったが、両親からは、まだわからないの？　と何度も聞かれた。そして、四日後。

プロジェクトの企画《きかく》は、無事、会社の審査《しんさ》を通過《つうか》した！

やった！　と思った。嬉《うれ》しかった。しかし、本当に、プロジェクトに乗り出すのだ、と思った時、拓真《たくま》は少し怖《こわ》くなった。自分の家族のために、見ず知らずの他人に金を出してもらうというのは、ありなのだろうか、ということも、やはり気になる。

メンバーに自分の不安を告げると、日菜子《ひなこ》からは、

「出すか出さないか、決めるのは本人でしょ」

と一蹴《いっしゅう》された。そんなふうに考えられたら、どれだけ気が楽だろうと、ため息をつく拓真《たくま》だった。

正式にゴーサインが出たので、キュレーターの茜《あかね》を含《ふく》めた六人で、LINE《ライン》をやることになった。スマホを持っていなかった拓真《たくま》は、なんと勇《いさむ》から借りることになった。持っているだけでほとんど使わないからと、気前よく貸《か》してくれた上に、通信費もそのまま払《はら》ってくれるという。

グループ名は〈夕日の家プロジェクト〉。五人がメッセージを送れる時間は、平日の午後六時から八時までと決めた。

茜《あかね》：中学生の本分を忘《わす》れないでね☺

というわけだ。

写真をたくさん載《の》せた方がいいということで、みんなでまた勇《いさむ》の家に行った。その時も、遥菜《はるな》が車を出してくれた。遥菜《はるな》はとても協力的だ。それに比《くら》べると、拓真《たくま》の姉の真穂《まほ》はまったく興味《きょうみ》を示《しめ》さなかった。

サイトへのアップの仕方を茜《あかね》に習った時のこと。

「それ、あたしが中心になってやるから。だから、トップの文面、プロジェクトの概要《がいよう》は、健斗《けんと》が考えてよ。あと、翠《すい》、あんた田舎《いなか》好きだから、栗木《くりき》地区の紹介文《しょうかいぶん》はあんたが書くんだよ。千聖《ちさと》は、写真、たくさん撮《と》って。ゆくゆくは動画もアップしたいから、そのつもりでいて」

と、日菜子《ひなこ》が指示《しじ》を出した。だが、そこには拓真《たくま》のやることはなかった。

「おれは？」

「あんたは、リーダーなんだから、全体の監督《かんとく》」

しかし、どう考えても、リーダーは日菜子《ひなこ》にしか見えない。

「ミーティングの連絡《れんらく》は、大原《おおはら》がしてくれるんだろ」

珍《めずら》しく健斗《けんと》がフォローに入ったが、同じ教室でしょっちゅう顔をつき合わせているのだから、連絡《れんらく》も何もあったものではない、と拓真《たくま》は思った。これまでも、休み時間や放課後に、何となく集まってすんでいるのだから。その時、千聖《ちさと》が拓真《たくま》の耳元でささやいた。

「拓《たく》ちゃん、おじいちゃんの気持ちのサポート、した方がいいよ」

その言葉にはっとなった。たしかに、と頷《うなず》く。

プロジェクトをアップする前日、拓真《たくま》は、本当にいいのかと、念押《ねんお》しするように、勇《いさむ》に聞いた。

「ああ、楽しみにしてる」

と、勇《いさむ》は笑顔《えがお》で答えてくれた。けれど、その笑顔《えがお》はどことなく寂《さび》しそうにも感じられて、拓真《たくま》の胸《むね》がちくりと痛《いた》んだ。

古民家を修理《しゅうり》して、だれもが時を忘《わす》れてくつろげる
夕日を眺《なが》める家としてよみがえらせたい

じいちゃんのために。中学生が立ち上がりました。

はじめまして。ここを見てくださって、ありがとうございます。

わたしたちは、美山市《みやまし》栗木地区《くりきちく》に住む中学生です。美山市《みやまし》は、東京《とうきょう》のベッドタウンですが、その西部にある栗木地区《くりきちく》まで来ると、田畑も多く、のどかな風景が広がります。中でも、山に近い奥沢集落《おくさわしゅうらく》は、風光明媚《ふうこうめいび》。有名な観光地ではありませんが、集落から眺《なが》める夕日は、天下一品です。

その奥沢《おくさわ》地区に、築《ちく》七十六年の家があります。古くてだいぶ傷《いた》んでいて、今は、だれも住んでません。この家は、持ち主である勇《いさむ》さん（八十歳《さい》）が四歳《さい》の時に建てられた家で、勇《いさむ》さんはずっとここで暮《く》らしてきました。思い出のたくさん詰《つ》まった家が、このままかえりみられなくなるのは、残念すぎる……。

わたしたちはこの家を、地区の人がゆったりと過《す》ごせる場所に変えることを考えました。

こんな家にしたい！

こんにちは。リーダーの大原拓真《おおはらたくま》です。この家は、ぼくのじいちゃんの家です。

ばあちゃんが亡《な》くなって半年、家はだいぶ傷《いた》んでいるので……。

・屋根の一部と外壁《がいへき》を直します。
・畳《たたみ》を入《い》れ替《か》えます。
・照明器具を直します。
・長い間、使ってなかった掘《ほ》りごたつも復活《ふっかつ》！
・庭にはツツジの植樹《しょくじゅ》を行います。ツツジは、ばあちゃんが好きだった花なんです。

アクセスの確保《かくほ》、それが問題なんです。

いくら家を修理《しゅうり》しても、そこに行くための手段《しゅだん》を確保《かくほ》しなければ、何にもなりません。

奥沢《おくさわ》集落へのバス便は、数年前に廃止《はいし》されてしまいました。栗木《くりき》地区の中心街からは、ゆるやかな上り道で、徒歩だと元気な人でも一時間以上かかるんです。

そこで、一週間に二度、朝と夕方に送り迎《むか》えの車を出します。

その協力者として、坂本遥菜《さかもとはるな》さんが手を挙げてくれました！　遥菜《はるな》さんは、ふだんは林業会社で忙《いそが》しく働いています。

一人《ひとり》では心許《こころもと》ないので、送り迎《むか》えを手伝《てつだ》ってくれる人を、募集《ぼしゅう》しています。

リターンについて

五〇〇〇円　・感謝《かんしゃ》をこめたお礼のお手紙

一万円　・感謝《かんしゃ》をこめたお礼のお手紙

・杉《すぎ》のペンケース

一万円　・感謝《かんしゃ》をこめたお礼のお手紙

・リニューアルした家にお名前掲載《けいさい》（希望者のみ）

五万円

・感謝《かんしゃ》をこめたお礼のお手紙
・杉《すぎ》のペンケース
・奥沢《おくさわ》の農産物
・リニューアルした家にお名前掲載《けいさい》（希望者のみ）

杉《すぎ》の製品《せいひん》を提供《ていきょう》してくれたのは、南郷有輝《なんごうゆうき》さん。十年前に東京《とうきょう》から栗木《くりき》地区に引っ越《こ》してきた有輝《ゆうき》さんは、間伐材《かんばつざい》を用いて家具などを作る職人《しょくにん》さんです。

これが、奥沢《おくさわ》集落の風景です！

美山《みやま》市って、東京《とうきょう》に働きにいく人もいれば、こんなすてきな田園風景も見ることができる場所なんです。

すばらしい日没《にちぼつ》の風景でしょう。時がゆったりゆったり流れていきます。栗木《くりき》が大好きです。奥沢《おくさわ》の風景は最高です。

ポラリス
古民家を修理して、だれもが 時を忘れてくつろげる
夕日を眺める家としてよみがえらせたい
夕日の家プロジェクト
支援総額 0円
目標金額 1,600,000円
支援者数 0人
残り日数 50日
0%
このプロジェクトを支援する
プロジェクト概要
新着情報 0
応援コメント 0

みなさん、ぜひ、遊びにきてくださいね。そして、プロジェクトの応援、よろしくお願いします！

目標金額《もくひょうきんがく》　一六〇万円
期限《きげん》　四月四日午後二十三時五十九分

トップの写真は、縁側《えんがわ》で勇《いさむ》を真ん中にして、みんなが写っているものだ。もちろん、家の写真、間取りのイラストも入れた。それから、美山《みやま》市の絵地図も加えた。

送り迎《むか》えの説明をしているところには、バンの運転席から、顔をのぞかせる遥菜《はるな》の写真を載《の》せた。そこに吹《ふ》き出しを描《か》き入れて「わたしも、時々は、奥沢《おくさわ》でまったりしたいな」という言葉を書き込《こ》んだ。

杉《すぎ》製品の説明箇所《かしょ》には、作業中の南郷有輝《なんごうゆうき》の写真。ここにも吹《ふ》き出しを使って「お年寄《としよ》りが元気な栗木《くりき》であってほしい」という言葉を入れた。

奥沢《おくさわ》の風景は、山並《やまな》みと棚田《たなだ》、そして、あざやかな夕日の写真だ。

こうして、二月十四日、プロジェクトはスタートした。

期間は五十日ということで、四月四日まで。目標金額《もくひょうきんがく》は一六〇万円だ。

ちなみに、拓真《たくま》たちは、自分たちは金を出さないと決めた。あくまで人にお願いすることにしたのだ。さらに拓真《たくま》は、

「身内に、追加で支援《しえん》とか、頼《たの》むのもやめよう」

と告げた。だれかに無理をさせたくはない。そう思ったからだ。

7…スタートダッシュに出遅《でおく》れて

プロジェクトがアップされた日、拓真《たくま》は、父のパソコンを立ち上げて家族に見せた。母の第一声は、

「あら、おじいちゃん、よく撮《と》れてますねえ」

というものだった。

「よし、じゃあ、せっかくだから、おれも、一万ぐらい、出資《しゅっし》するか」

と父は、パソコンの前に陣取《じんど》って、操作《そうさ》を始める。

「父さん、出資《しゅっし》じゃなくて、支援《しえん》だから。リターン見て、金額《きんがく》選んでよ」

「リターンって、お礼のことだろ。別におれは、お礼なんか要《い》らないぞ」

「これは、購入型《こうにゅうがた》のプロジェクトだから、支援《しえん》して、リターンを受け取る仕組みなんだよ」

「今、入力しているんだから、がたがた言うなよ」

と言われて、拓真《たくま》は黙《だま》った。

「なんだ。クレジットカードか。けっこう面倒《めんどう》だな。振替用紙《ふりかえようし》、送ってくれればいいのに」

「だから、そういうシステムなんだって」

父はぶつぶつ言いながら、財布《さいふ》からクレジットカードを引き抜《ぬ》いて、カード情報《じょうほう》を入力した。

「いつ、引き落としがあるんだ？」

「プロジェクトが成立したら。その前には引き落とされないから」

「そうなのか？　なんだかよくわからないシステムだな」

「そんなことないだろ。成立して初めて、支払《しはら》うんだから。わかりやすいじゃん」
と、とりあえず反論《はんろん》してみたが、自信はない。
画面を見ていると、支援者数《しえんしゃすう》の数が変わった。
支援者数《しえんしゃすう》　二人《ふたり》
支援総額《しえんそうがく》　二万円
ということは、拓真《たくま》の父より先に、支援《しえん》してくれた人がいる、ということだ。
応援《おうえん》コメントを見ると、

奥沢《おくさわ》の夕焼けをみんなに見てもらいたいです。がんばってください。

とあった。名前は、ルナ。支援者《しえんしゃ》の名は、サイトにはニックネームでもOK《オーケー》だ。
それに対する返信コメント。

ルナさん、記念すべき、最初のご支援《しえん》、ありがとうございます！　がんばります‼

返信を書き込《こ》んだのは日菜子《ひなこ》だ。そしてルナというのは、たぶん遥菜《はるな》さんだろうと、拓真《たくま》は見当をつけた。

父のコメントは、「がんばってください」という型どおりの言葉だけ。それについても、すぐに返信コメントがつく。


KOU《コウ》さん、ありがとうございます！　ひき続き見守ってください。


その夜、勇《いさむ》が、拓真《たくま》の部屋《へや》にやってくると、

「拓真《たくま》、おれも、金、出すぞ」

と、いきなり一万円札を何枚《なんまい》か、にゅっと突《つ》き出した。

「じいちゃん、お金は、今、要《い》らないんだよ。クレジットカードの情報《じょうほう》、パソコンから入力するんだ」

「よくわからんな。じゃあ、咲子《さきこ》に頼《たの》んでおくか」

咲子《さきこ》というのは拓真《たくま》の叔母《おば》、父の妹だ。それを聞いた瞬間《しゅんかん》、まずいと思った。咲子《さきこ》にはまったく話を通してなかったのだ。

咲子《さきこ》は三十代半ばまで独身《どくしん》だったので、拓真《たくま》の父よりも長く奥沢《おくさわ》の家に暮《く》らした人だ。結婚《けっこん》して東京《とうきょう》の多摩《たま》地区に移《うつ》ったのが二年前だった。気むずかしい人というわけではないが、断《ことわ》りなく勝手なことをして、と思われないだろうか。

それでも知らせないわけにはいかない。電話でうまく話せる自信がなかったので、メールを送った。

ところが、咲子《さきこ》からの返信はなかった。翌日《よくじつ》も、その翌日《よくじつ》も。もしかして怒《おこ》っているのだろうか。不安だったが、それを仲間には言ってなかった。

初日、二日目と、家族や親戚《しんせき》、奥沢《おくさわ》の勇《いさむ》の知り合いたちが支援《しえん》してくれたおかげで、順調に金額《きんがく》が増《ふ》えていった。ところが、三日目、四日目は、ほとんど増《ふ》えなかった。結局、五日経《た》った段階《だんかい》で、二二万五〇〇〇円。支援者《しえんしゃ》は二八人だった。

「ねえ、茜《あかね》さん、スタートダッシュが大事だって言ってたよね。五日で二〇パーセントに届《とど》かないプロジェクトは、厳《きび》しいって」

日菜子《ひなこ》に言われたので、さっそく、LINE《ライン》で茜《あかね》に連絡《れんらく》を取ってみることにした。

拓真《たくま》：こんにちは。出だし、イマイチです。なにか名案ありますか？

茜《あかね》：見てますよ。でも、コメントにすぐ返事をしているのはマルだよ。

日菜子《ひなこ》：それ、気をつけてるし

茜《あかね》：近所の人や、友だちには声かけた？

健斗《けんと》：友だちって、中学生だし、協力してって言いづらいです。

茜《あかね》：自分では出せなくても、地域《ちいき》のことだから、家族が協力してくれる可能性《かのうせい》あると思うよ。

拓真《たくま》：サイト見てもらうよう、頼《たの》んでみます。

翠《すい》：っていうか、うちの親とか、ネット、見ないしなあ。

健斗《けんと》：ネットでお金集めるって言ったら、祖母《そぼ》に、何か悪いことしてるんじゃないかって、思われた。

茜《あかね》：まわりの人が、あまりネットに慣《な》れてないみたいなら、フライヤーを作って、近所に配ってみたらどうかな？　紙に書かれた文章の方が、信用できると思う人もいるから。

拓真《たくま》：フライヤーって？

健斗《けんと》：チラシのこと。

言葉に記されているわけではないが、「知らないのか？」と言われているようで、ちょっとムッとする。

日菜子《ひなこ》：内容《ないよう》はどうしたらいいかな。

千聖《ちさと》：サイトに書いてあるようなことでいいと思います。

茜《あかね》：そうそう。

日菜子《ひなこ》：だれがやるの？

千聖《ちさと》：わたし、そういうの苦手。

日菜子《ひなこ》：拓真《たくま》、美術部《びじゅつぶ》だったよね 

にやにや笑いの絵文字つきだった。むかついたが、拓真《たくま》：幽霊部員《ゆうれいぶいん》って言われたけどな。

と返す。

健斗《けんと》：おれ、そういうのはちょっと。イラストとか、だめだし。

翠《すい》：あたし、作ってもいいよ。

茜《あかね》：じゃあ、配る時に、その様子を写真に撮《と》って、新着《しんちゃく》情報《じょうほう》をアップしようね！

そういえば、新着《しんちゃく》情報《じょうほう》をこまめにアップするようにと、茜《あかね》にアドバイスされていたことを拓真《たくま》は思い出した。

日菜子《ひなこ》：了解《りょうかい》。

翠《すい》：OK《オーケー》！

拓真《たくま》：わかりました。

健斗《けんと》：承知《しょうち》。

千聖《ちさと》：写真、撮《と》ります！

ほぼ同時にメッセージが届《とど》き、ほぼ同時に既読《きどく》5になった。

たしかに、まずは身近な人から、というのがプロジェクトの基本《きほん》だ。ということで、翠《すい》が作成したフライヤーを、商店などにも置いてもらうことにした。栗木《くりき》地区の中心は、市役所の出張所《しゅっちょうじょ》前のバス停付近で、そのあたりに、飲食店やら薬局やら美《び》容室《ようしつ》やらが固まっている。たった一軒《けん》だけあるファストフードの店もバス停のそばだ。

地域《ちいき》での反応《はんのう》は今ひとつだった。クラウドファンディングと言ってもけげんな顔をされたし、フライヤーを受け取ってくれない人もいた。渡《わた》したフライヤーがゴミ箱に捨《す》てられているのも見つけてしまった。

それでも、日菜子《ひなこ》の父の会社がフライヤーを置いてくれたし、なじみのパン屋と、遥菜《はるな》の伝手《つて》でそば屋にも置かせてもらった。

いちばん好意的だったのは、栗《くり》の木食堂という昔からある定食屋だった。店主の孫が小沢花織《おざわかおり》といって、拓真《たくま》たちの同級生だ。

同級生たちの反応《はんのう》は上々だった。

「何、ここそやってるのかと思ったら、これだったんだ」

なんて言われたけれど、

「わたしもやりたい」

という声もいくつかあがった。そのうちの一人《ひとり》が花織《かおり》だった。

さっそく、チームで協議した。

「あんまり広げても、コントロールできなくなる」

日菜子《ひなこ》がきっぱり言った。

「だよね」

と、翠《すい》も千聖《ちさと》も同意し、健斗《けんと》はどうでもいいと、興味《きょうみ》なさそうに言った。

これも、茜《あかね》に相談してみたら、こんなアイデアを出してくれた。

サポートメンバーになってもらい、必要に応《おう》じて、イベントなどを手伝《てつだ》ってもらうことにすればいい、というのだ。そして、サポートメンバーは、達成時の打ち上げに参加できることにする。

こうして、サポートメンバーは、同級生を中心に六人となった。

日菜子《ひなこ》は、堂々と職員室《しょくいんしつ》にも乗り込《こ》んで、先生たちにフライヤーを配った。

その日の放課後、拓真《たくま》は、昇降口《しょうこうぐち》で担任《たんにん》の藤原羊一郎《ふじわらよういちろう》に呼《よ》び止められた。

「これ、おまえが代表なんだな」

と、羊一郎《よういちろう》がフライヤーを見せる。

「まあ、いちおう、おれのじいちゃんだし。けど、実質的《じっしつてき》には、坂本《さかもと》です。あいつ、起業家志望《きぎょうかしぼう》なんで」

「なるほど。しかし、おれは感心したぞ。いいとこあるじゃないか。おじいさんのためにも、しっかり勉強もがんばれよ」

羊一郎《よういちろう》は見当はずれのことを言った。その時、ちょうど通りかかった生徒に、羊一《よういち》郎《ろう》が声をかけた。

「高山《たかやま》！」

足を止めたのは、隣《となり》のクラスの高山圭《たかやまけい》だった。

「大原《おおはら》、高山《たかやま》にもチラシ渡《わた》しとけ。高山《たかやま》は、顔、広いぞ」

羊一郎《よういちろう》にそう言われて、拓真《たくま》は無言のまま、圭《けい》にフライヤーを渡《わた》した。さっとそれを眺《なが》めた圭《けい》は、

「ふーん、こんなこと、やってんだ」

と言うと、羊一郎《よういちろう》に軽く頭を下げて、拓真《たくま》たちから離《はな》れていった。圭《けい》の声はどこか冷ややかで、拓真《たくま》は少しばかりばかにされたような気になった。

圭《けい》は、サッカー部の部長だ。そして、もし、圭《けい》がいなかったら、拓真《たくま》は中学でもサッカーを続けていたかもしれない。今となっては、サッカーにはほとんど未練はないのだけれど。

クラスメイトが応援《おうえん》メッセージを必ず書き込《こ》んでくるので、メッセージの数は少な

くないが、金額《きんがく》はその後もあまり増《ふ》えなかった。スタートダッシュに、完全に出遅《でおく》れた形となった。

8 金も出すが口も出す

出遅《でおく》れにがっくりして、思い切り寝坊《ねぼう》した翌日《よくじつ》の朝、ではなく昼。

「おい、さっき見たら、五万の支援《しえん》があったぞ」

と、父に言われて、拓真《たくま》は慌《あわ》ててサイトを見た。

「わ、ほんとだ……」

しかも、二件《けん》。一気に一〇万、いや、その他に一万円の支援《しえん》をしてくれた人が四人。少額支援《しょうがくしえん》も少し増《ふ》えた。

五万のうち、一人《ひとり》は、型どおりの「がんばってください」という言葉のみで、名前がイサム。つまり祖父《そふ》だ。そして、もう一人《ひとり》は長いメッセージを綴《つづ》っていた。

奥沢《おくさわ》集落の古い家が活用されるのは、あの地域《ちいき》の出身者としては、嬉《うれ》しいかぎりです。あの場所で見る夕日は、本当に美しいですね。多くの人に見ていただきたいです。

プロジェクトの成功を祈《いの》ってます。ただ、これからのために、ぜひ、井戸《いど》を復活《ふっかつ》させてほしいと思います。いざという時の水の確保《かくほ》。そして、ツツジだけでなく、欅《けやき》と柿《かき》の木の保全《ほぜん》もよろしくお願いします。

庭には、小さな菜園を作ることを提案《ていあん》します。トマトやナスなど。ゴーヤのカーテンや、ハーブなども、活用できるのではないでしょうか。

書き込《こ》み主のニックネームは、サッコ。だが、その名を見なくても、拓真《たくま》にはそれがだれだか、すぐにわかった。叔母《おば》の飯森咲子《いいもりさきこ》だ。メールを送ったあと、なしのつぶてだったのに、いきなり五万。それはありがたいが、少し不穏《ふおん》なものを感じた。

日菜子《ひなこ》：大口の支援《しえん》！　やったね。

翠《すい》：あたしも見た！

健斗《けんと》：イサムは、大原《おおはら》のじいさんだよな。もう一人《ひとり》は？

拓真《たくま》：おれのおばちゃん。二年前まで、あそこに住んでた。

千聖《ちさと》：あ、咲子《さきこ》さん？

日菜子《ひなこ》：千聖《ちさと》、知ってるの？

千聖《ちさと》：うん、何度か会ったことある。いい人だよ。

拓真《たくま》：でも口うるさいかも。現《げん》にあれこれ、言ってるし。

翠《すい》：一万の、ヒツジってだれ？　あとの三人はあたしたちの身内だってわかったけど。

健斗《けんと》：あんまり口はさまれてもなあ。

二人《ふたり》のメッセージがほぼ同時に来た。

拓真《たくま》：ごめん。たぶん、藤原《ふじわら》先生じゃないかな。

千聖《ちさと》：拓《たく》ちゃんが謝《あやま》ることないよ。

その時、ふいに圭《けい》の言葉がよみがえった。――謝《あやま》れば済《す》むなんて思うなよな！

サッカーの試合の後に、投げつけられた言葉だ。

小学校のサッカーチームに加わった時は、拓真《たくま》も、フィールドを走り抜《ぬ》けてゴールするフォワードにあこがれた。けれども、結局、希望者のいなかったゴールキーパーを押《お》しつけられた。それなりにがんばったつもりだが、点を入れられた時は、圭《けい》から露骨《ろこつ》に詰《なじ》られた。と、そんなことを思い出したのも、つい先日、久《ひさ》しぶりに圭《けい》と向き合ったせいかもしれない。拓真《たくま》は、圭《けい》の記憶《きおく》を振《ふ》り払《はら》うように頭を振《ふ》った。

健斗《けんと》：あ、羊一郎《よういちろう》か。いいとこあるじゃん。

茜《あかね》：で、君たちは、サッコさんの意見をどう思うの？　ポイントはそこだよ。

日菜子《ひなこ》：基本的《きほんてき》には賛成《さんせい》だよね。だから、前向きに検討《けんとう》しますって、返事しとくね。

それでいいのかと首を傾《かし》げたが、だれからもメッセージがこないまま、あっという間に日菜子《ひなこ》は、咲子《さきこ》のメッセージに返信した。

どれもすてきな提案《ていあん》ですね。実現《じつげん》したいです。

ちょっと待てよ。前向きに検討《けんとう》するっていうのと、違《ちが》くないか？　と眉《まゆ》を寄《よ》せる。

それより、やはり叔母《おば》が気がかりだ。

拓真《たくま》は、咲子《さきこ》のことを嫌《きら》っているわけではない。むしろその反対だ。さっぱりしてきっぷがいいし、小遣《こづか》いもよくもらった。ただ、ずけずけと言いすぎるし、やや独善《どくぜん》的《てき》なところがある。そういうところは、ちょっと日菜子《ひなこ》と似《に》ている。もし二人《ふたり》が顔を合わせたら、意気投合するか、けんかになるか。それは賭《か》けみたいなものだ。そう思うと、叔母《おば》が黙《だま》っていてくれることを願わずにはいられなかった。

とにかく、今は支援金《しえんきん》が増《ふ》えたことを喜ぼう。合計で三八万円。二三・八パーセント。しかし、目標はまだまだ遠い。


咲子《さきこ》が口を出さないでほしいという拓真《たくま》の願望は、あっけなく破《やぶ》られる。

翌日《よくじつ》、咲子《さきこ》はいきなり、拓真《たくま》の家に現《あらわ》れたのだ。

「拓真《たくま》、これから、奥沢《おくさわ》に行くからね。車で来たから、あんたの友だちも連れてってあげる。もちろん、父さんも一緒《いっしょ》に」

「そう、急に言われても」

と、言葉を濁《にご》したが、会いたいから都合がつく子だけでも呼《よ》び出せと言う。しかたがないので、LINE《ラ イ ン》で連絡《れんらく》すると、千聖《ちさと》と日菜子《ひなこ》が来ることになった。

出かける支度《したく》をする勇《いさむ》に、父が少し心配そうに尋《たず》ねた。

「父さん、大丈夫《だいじょうぶ》か？　何も無理して咲子《さきこ》につきあわなくてもいいんだよ。寒いし、疲《つか》れるだろ」

「何を言うか。行けるのなら、毎日でも行くさ」

勇《いさむ》は、うきうきとした声で答えた。つい、二年前まで一緒《いっしょ》に暮《く》らしていた咲子《さきこ》と出かけるのが嬉《うれ》しいのか、奥沢《おくさわ》の家に行くことを喜んでいるのか、拓真《たくま》にはわからなかった。

赤いミニバンで家を出ると、途中《とちゅう》で千聖《ちさと》と日菜子《ひなこ》を乗せて奥沢《おくさわ》を目指す。咲子《さきこ》の運転はかなり荒々《あらあら》しく、スピード違反《いはん》もなんのそのとばかりに飛ばしたので、勇《いさむ》の家にはあっという間に到着《とうちゃく》した。

日菜子《ひなこ》と咲子《さきこ》がぶつからないかという心配は杞憂《きゆう》だったようで、顔見知りの千聖《ちさと》とよりも話がはずんでいる。

「咲子《さきこ》さん、東京《とうきょう》なんですよね。あたし、絶対《ぜったい》に東京《とうきょう》の大学に行きます。こんなとこで、くすぶってらんないもん」

「日菜子《ひなこ》ちゃん、フォレスト坂本《さかもと》のお嬢《じょう》さんなんだって？　将来《しょうらい》、どんなことをやりたいの？」

「あたし、大学生のうちに、起業したいなって思ってます」

「へえ、すごいねえ」

「だから、これも、大事なプロジェクトなんです」

車を降《お》りると、空気が冷たく感じられた。暦《こよみ》の上では春だといっても、今日はあいにくの曇天《どんてん》のためかかなり寒かった。

家の中に入ると、すぐにカセットガスヒーターをつける。

「うわあ、畳《たたみ》、一段《いちだん》と毛羽立ってる感じ。人が住まないとどんどん荒《あ》れてくわね」

と咲子《さきこ》は言ったが、この間、拓真《たくま》は何度か訪《おとず》れているので、年の初めに勇《いさむ》と二人《ふたり》で訪《おとず》れた時に比《くら》べて、なんとなくだが温《ぬく》もりを感じるような気がしていた。

咲子《さきこ》は、家の中を歩き回って、柱の傷《きず》の説明やらなんやらを始める。

「冬は寒かったけど、夏は涼《すず》しくてね。井戸《いど》の水で西瓜《すいか》冷やして食べたり」

「あ、それ、ぜひやりましょう」

と、すぐに日菜子《ひなこ》が合いの手をうつ。

「ねえ、いっそ、囲炉裏《いろり》とか作っちゃう？」

「炉端焼《ろばたや》き、できますね」

「それ、予算に入ってないから」

と釘《くぎ》を刺《さ》すが、二人《ふたり》のおしゃべりに、拓真《たくま》の声はかき消された。

「おじいさんは、どんなふうにしたいとか、ありますか」

千聖《ちさと》が、勇《いさむ》にそっと聞いているのが耳に入る。

「そうだなあ」

勇《いさむ》はそう言ったきり、遠い目で外を見つめる。さりとて、何か具体的な希望を述《の》べるわけではない。

拓真《たくま》はひそかにため息をついた。要するに、咲子《さきこ》のスタンスとしては、金を出すかわりに口も出す、ということのようだ。

9 暴走《ぼうそう》する日菜子《ひなこ》

まったく知らない人二人《ふたり》から支援《しえん》が入った。とはいっても、どちらも五〇〇〇円の少額支援《しょうがくしえん》だ。その二人《ふたり》は知り合いで、メッセージには、今度の土曜に奥沢《おくさわ》集落に行きたい、とあった。

車で来るつもりかと聞くと、美山《みやま》駅まで迎《むか》えに来てくれますか？　という返信がきた。

「そんなの、無理に決まってるだろ」

と、健斗《けんと》が言った。

「でも、チャンスだよ。これで、新着情報《しんちゃくじょうほう》、アップできるじゃん」

日菜子《ひなこ》の言葉に、翠《すい》が、うーんと首をひねる。

「コスパ、悪すぎ」

「コスパって？」

「コストパフォーマンス。常識《じょうしき》だろ」

健斗《けんと》がいやみったらしく言ったが、そもそも、コストパフォーマンスがわからない。

「手間暇《てまひま》かけるだけの効果《こうか》がないってこと。もっと慎重《しんちょう》になれよ」

「そうか、わかった」

と答えた日菜子《ひなこ》だったが、やっぱりわかってはいなかった。

栗木《くりき》まで来てほしいと返信したところ、バスの運賃《うんちん》が高いと言われて、結局、美山《みやま》駅に迎《むか》えに行くことにしたのだという。ハル姉に頼《たの》んだから大丈夫《だいじょうぶ》だとは言うが、なんで一人《ひとり》で決めてしまうのだろう。

そう思ったのは、拓真《たくま》だけではなかった。

「あのなあ、坂本《さかもと》。今後、そんなことがあったらいちいち応《おう》じるわけ？　たまたま、遥菜《はるな》さんが車出してくれることになったからよかったけど」

と健斗《けんと》がかんで含《ふく》めるように言ったが、日菜子《ひなこ》は動じない。

「しょうがないじゃん、返事しちゃったし。まあ、今回は、結果オーライってことで」

「じゃあ、新着情報《しんちゃくじょうほう》、アップする前に、みんなに知らせろよ」

「わかった。そうするよ」

と、日菜子《ひなこ》はちょっと不満げに言った。でも、自分が相手だったら、そうは言わなかったかもしれないと拓真《たくま》は思った。やっぱり、健斗《けんと》の言葉に一目置いているのか、それとも、自分がなめられているかだ、と思いながら拓真《たくま》はため息を吐《つ》く。

約束の土曜、遥菜《はるな》と日菜子《ひなこ》が迎《むか》えに行き、その後で、翠《すい》をピックアップしてから、拓真《たくま》の家に寄《よ》ってもらうことにした。健斗《けんと》は都合が悪いと言う。千聖《ちさと》は拓真《たくま》の家で待つことになった。

「拓《たく》ちゃんの家、なんか、久《ひさ》しぶりだね」

拓《たく》ちゃんと呼《よ》ばれるのが、くすぐったい。目が合ったとたん、なぜか胸《むね》がドキドキして、すぐに視線《しせん》を落としてしまった。千聖《ちさと》は、だれか好きな男子がいるんだろうか。うわさは聞かないけれど、けっこうかわいいし、などとあれこれ考えていると、また千聖《ちさと》が口を開く。

「拓《たく》ちゃん、いつから日菜子《ひなこ》と仲良くなったの？」

「えっ？」

仲良くとは、どういう意味だろう。

「なんていうか、ちょっとうらやましいなって。日菜子《ひなこ》のこと、頼《たよ》りにしてる感じがして」

「それは、あいつが、目立ちたがりというか……」

「でも、気になるんでしょう？」

「まさか」

と答えながら、なぜか顔が火照《ほて》った。もちろん、日菜子《ひなこ》のことが気になるからではない。妙《みょう》な誤解《ごかい》はしないでほしいと、あたふたしているところに、遥菜《はるな》の車が入ってきた。

幸《こう》か不幸《ふこう》か、話はそれっきりになった。

拓真《たくま》はボックスカーに乗り込《こ》んだとたん、いやな予感がした。運転席のすぐ後ろに乗っていたのは、いかにも軽薄《けいはく》そうな二人連《ふたりづ》れの若《わか》い男だったのだ。こういうのをチャラ男というのかな、と思った。たった五〇〇〇円の支援《しえん》で、なんだかずうずうしくないか、という思いが顔に出ないように気をつけねば。

「うわあ、ほんと、ド田舎《いなか》じゃん」

半ば感心したような、半ば小ばかにしたような口調で言ったのは、大学生の宮地辰《みやぢたつ》樹《き》（ニックネーム、ヤジさん）。もう一人《ひとり》の北野充生《きたのみつお》（ニックネーム、キタさん）も、

「だよなあ。おれも、こんな何もないところでのんびり暮《く》らしてえ」

と。続ける。何もないところで悪かったな、と毒づくのは心の中に押《お》しとどめた。

ふと、翠《すい》を見ると、明らかに不機嫌《ふきげん》そうな顔でつぶやいた。

「こういうところだから、のんびりできるわけじゃないのに」

勇《いさむ》の家に着いてからは、我《わ》が物顔《ものがお》で部屋《へや》をかぎ回る。

「なんだ、もっと古っぽい家かと思ったけど、割《わり》とふつうじゃん」

「そうだなあ。お宝《たから》でも、隠《かく》してありそうな家かと思ってたのに」

まさか、宝探《たからさが》しのつもりだろうか。それだけならまだしも、押《お》し入《い》れや、置きっ放しの箪笥《たんす》も勝手に開ける。あげくに、

「お茶とか、出してくれたりしないのかなあ」

などと言い出す。さすがにむかついた拓真《たくま》だが、それを顔には出さずに、

「すみません、ガス、切ってあるんです」

と頭を下げる。

「謝《あやま》ることないのに」

翠《すい》がボソッとまたつぶやいた。

「自動販売機《じどうはんばいき》とか、ないの？」

「二キロ先にありますよ。走って買ってくれば？　いい運動になるんじゃないですか」

翠《すい》が言うと、充生《みつお》が、

「うわあ、ずいぶんなこと言うね」

と、眉《まゆ》をひそめる。

「あ、すみません。でも、こんなところだからこそ、ここをお茶も出せる拠点《きょてん》にしたいんです」

となぜか、拓真《たくま》は謝《あやま》りながら言った。謝《あやま》る必要なんかないよな、と自分でも思ったが。

辰樹《たつき》の方は、断《ことわ》りなしに、スマホで写真を撮《と》りまくる。

「インスタにアップしていいっすよね」

と言うので頷《うなず》いたが、毛羽立った畳《たたみ》にまでカメラを向けられるのは、あまりいい気がしなかった。

「しっかし、寒いなあ。風邪《かぜ》ひきそう」

充生《みつお》がつぶやいたのを聞いた千聖《ちさと》が、

「じゃあ、そろそろ戻《もど》りましょうか」

と、笑顔《えがお》で言った。

「そうだな。君、かわいいね」

辰樹《たつき》が千聖《ちさと》に笑いかける。拓真《たくま》は、尻《しり》を蹴《け》っ飛ばしてやりたくなったが、我慢《がまん》した。

帰りは、栗木《くりき》の停留所《ていりゅうじょ》からバスで帰ってもらった。ぶつぶつ言うかと思ったが、二人《ふたり》は素直《すなお》にバスに乗り込《こ》んだ。

「田舎《いなか》のバス旅も、いいよなあ」

などと言いながら。

バスが走り去ってから、

「田舎《いなか》で悪かったわね！」

と千聖《ちさと》が言った。

「へえ？　千聖《ちさと》もそんなこと言うんだ」

日菜子《ひなこ》が面白《おもしろ》そうに笑った。

「日菜子《ひなこ》、腹立《はらた》たないの？　何もないところって、あったまくる。どうせ、都心でチャラチャラした暮《く》らししてんだよね」

翠《すい》が言ったが、日菜子《ひなこ》は動じない。

「お客様は、神様っていうじゃん」

「けど、なんか、徒労感ない？」

千聖《ちさと》が遠慮《えんりょ》がちに、日菜子《ひなこ》を見る。

「ないない。だって、事業を進めるには、いろんな人間、相手にしないと」

と、日菜子《ひなこ》はあくまで前向きだった。

◆新着《しんちゃく》情報《じょうほう》
支援《しえん》してくれた方が、なんと東京《とうきょう》から応援《おうえん》にかけつけてくれました！　ヤジさんとキタさんです。ということで、インタビューをしました。

スタッフ：奥沢集落《おくさわしゅうらく》を訪《おとず》れた感想を聞かせてください。

ヤジさん：いいところですね。景色《けしき》もきれいだし、ぜひ、プロジェクトを成功させてほしいです。

キタさん：中学生ががんばってるのに感激《かんげき》しました。それに、おじいちゃんのため、っていうのが、いいじゃないですかぁ。

ヤジさん：夕日がきれいだって聞いたから、見たかったなあ。

スタッフ：あいにくの曇《くも》り空《ぞら》で残念です。ぜひ、また来てください。

ヤジさん：はい、また来ますよ。桜《さくら》のシーズンとか良さそうだし。

キタさん：だよね。おれたち、弥次喜多《やじきた》コンビだから。珍道中《ちんどうちゅう》しますよ。

インタビューの後に、柿《かき》の木をバックに、二人《ふたり》がV《ブイ》サインする写真が添《そ》えられていた。

記事がアップされた翌朝《よくあさ》、

「日菜子《ひなこ》、あいつら、ほんとにこんなこと言ったのか？」

と拓真《たくま》が聞くと、日菜子《ひなこ》は、けろっとした顔で答えた。

「言ってないけど、好きに書いていいって言ったから。写真アップもOK《オーケー》だって」

いつの間にそんな話をしたのだろうか。日菜子《ひなこ》の様子には悪びれた様子はまったくない。

「そんなことより、新着情報《しんちゃくじょうほう》、先に見せるって話だったでしょ？」

と翠《すい》が不機嫌《ふきげん》そうに言った。

「あ、そうだった。ごめん。でも、アップしちゃったから」

「日菜子《ひなこ》一人《ひとり》でやってるんじゃないんだよ」

ふだん、日菜子《ひなこ》にくっついている翠《すい》が、やけに強く出たので、拓真《たくま》は少し驚《おどろ》いた。

「そんなの、当たり前じゃん。リーダーは拓真《たくま》だもん」

「拓真《たくま》もさ、もう少し、リーダーらしくしなよ」

翠《すい》は、攻撃《こうげき》の矛先《ほこさき》を拓真《たくま》に向けた。

「ごめん。おれもあの二人《ふたり》、我《わ》が物顔《ものがお》でむかついたけど、日菜子《ひなこ》の書いたの読んだら、なんだか憎《にく》めない気がしてきた」

「でしょ、でしょ？」

「そういうことじゃないよ。日菜子《ひなこ》はチームでやってるって自覚が足りないんじゃない？」

「ごめん。おれが、頼《たよ》りなくて」

と拓真《たくま》は、神妙《しんみょう》な顔でまた謝《あやま》るが、翠《すい》の顔が険《けわ》しい。と、その時、始業を告げる鐘《かね》が鳴ったので、拓真《たくま》はひそかに胸《むね》をなで下ろした。

10 空中分解《くうちゅうぶんかい》？

たしかなことは、日菜子《ひなこ》が書いた弥次喜多《やじきた》コンビの記事は、ほとんど効果《こうか》がなかったということだ。

支援金《しえんきん》は少しずつ増《ふ》えてはいた。だが、それらはすべて、身内からといってもいいものだった。主には、栗木《くりき》地区の知り合いや咲子《さきこ》の友人、そして奥沢《おくさわ》の老人たちだ。

二週間ほど経《た》った時点で、支援総額《しえんそうがく》はようやく五〇万円に達した。奥沢《おくさわ》に住む久子《ひさこ》や毅《たけし》が、五万円の支援《しえん》をしてくれたのが大きかった。それでもまだ三一パーセントだ。

そして翠《すい》と日菜子《ひなこ》との間のわだかまりは、解消《かいしょう》されなかった。その後も時々、メッセージを寄越《よこ》してくる弥次喜多《やじきた》コンビの調子の良さに、翠《すい》が文句《もんく》を言えば、

「あんた、しつこいんだよ」

と日菜子《ひなこ》がキレる。

それだけだったらまだよかった。

「ねえ、支援《しえん》、ぜんぜん足りないよ。このままじゃ、プロジェクト成立しないよ。だから、さ、美山《みやま》駅でフライヤーまこうよ。苦戦してますって、入れて。千聖《ちさと》、作ってくれない？」

日菜子《ひなこ》が突然《とつぜん》そんなことを言い出した。前にフライヤーを作ったのは、絵が上手《じょうず》な翠《すい》だった。その翠《すい》をないがしろにするような発言に、千聖《ちさと》が当惑《とうわく》げに拓真《たくま》を見る。

「チームリーダーは、拓真《たくま》だよね。なんで、日菜子《ひなこ》が命令するわけ？」

と、翠《すい》がつっかかるように言う。

「命令したわけじゃないよ。お願いしただけだもん」

バチバチッと火花が散ったような気がした。

「つたく、くだらないことでもめんなよ」

と健斗《けんと》が、面倒《めんどう》くさそうに言った。

「くだらなくないでしょ」

「わかったわかった。フライヤー、あたしが自分で作るからいい。あんたたちには頼《たの》まないよ」

その言いぐさに、さすがに千聖《ちさと》もムッとした表情《ひょうじょう》を見せる。三人の女子の間で、拓《たく》真《ま》はただおろおろし、健斗《けんと》は、やってらんねえ、とつぶやいて離《はな》れていった。

翠《すい》は郷土愛《きょうどあい》が強いから、軽いノリの弥次喜多《やじきた》コンビにいい感情《かんじょう》を持っていない。一方、日菜子《ひなこ》は、何ごともおもしろおかしくネタにする、というスタンスなのだ。

それでも、フライヤーをまくというのに、手伝《てつだ》わないわけにもいかない。拓真《たくま》からメンバーに時間を伝えたが、翠《すい》と健斗《けんと》は急には無理だと言う。そこで、LINE《ライン》でサポートメンバーに連絡《れんらく》すると、花織《かおり》が手伝《てつだ》うと言ってくれたので、翌日《よくじつ》の放課後、バスで美山《みやま》駅に向かった。

「あいつら、適当《てきとう》なんだから。真剣味《しんけんみ》が足りないよ」

憤《いきどお》る日菜子《ひなこ》に、

「けど、日菜子《ひなこ》。少しは翠《すい》の気持ちも考えてあげたら」

と、千聖《ちさと》がなだめるように言った。というのも、日菜子《ひなこ》が作ったフライヤーが、あまりできがいいとはいえない代物《しろもの》だったこともあったからだ。

ところが、美山《みやま》駅で配ったフライヤーは、前よりも反応《はんのう》がよかった。

◆応援《おうえん》メッセージ
チラシ、見ました！　栗木《くりき》地区の奥沢《おくさわ》集落は、美山《みやま》の人間にとって、心のふるさとです。応援《おうえん》します。

こんな近くで、中学生ががんばっていたなんて。感動しました。


小口の支援《しえん》が多かったとはいえ、たしかな手応《てごた》えに、日菜子《ひなこ》は鼻高々で、それがまた翠《すい》の感情《かんじょう》を逆《さか》なでした。

「日菜子《ひなこ》は、なんでも自分が決めないと気が済《す》まないんだよね」

「わけ、わかんない。翠《すい》、何すねてるの？」

「すねてるって何よ」

「あたしの作ったフライヤーの方が効果《こうか》あったからでしょ」

千聖《ちさと》がたしなめるように口をはさんだ。

「栗木《くりき》地区と美山《みやま》市の中心とでは、人の数も違《ちが》うんだから。それに、栗木《くりき》ではフライヤーを配る前から、応援《おうえん》してくれてる人がけっこういたでしょ」

「っていうか、やっぱり、坂本《さかもと》は暴走《ぼうそう》しすぎっていうか、自己中《じこちゅう》なんだよ。坂本《さかもと》のためのチームじゃないんだから。おれ、こんなふうにもめるんなら、もう抜《ぬ》けるから。もめごと嫌《きら》いだし」

と健斗《けんと》。

「何よ、それ」

強い言葉で健斗《けんと》に反発しながら、なぜか日菜子《ひなこ》は泣きそうになった。それから、

「だったら、自分たちでもっと考えてよね。じゃあ、あたし、部活だから」

と、捨《す》て台詞《ぜりふ》のように言うと、教室から出ていってしまった。


とぼとぼと家に帰ると、門の前で、道の先から歩いてくる勇《いさむ》とばったり会った。

「じいちゃん、出かけてたの？」

「ああ。今日は、ちょっと暖《あたた》かいからな」

穏《おだ》やかな笑顔《えがお》が返ってきた。勇《いさむ》が出かけるとは、珍《めずら》しいこともある、と思って、

「どこ、行ったの？」

と聞いた。

「知り合いのところに、ちょっとな。少しはおまえたちに協力せんとな」

「支援《しえん》、頼《たの》みに行ってくれたの？」

「そんな、大げさなもんでもないが、孫ががんばってると思ったらな」

勇《いさむ》は笑った。それなのに自分たちは、ガタガタともめて、空中分解《くうちゅうぶんかい》の危機《きき》を迎《むか》えているなんて。

「どうした、元気がないじゃないか」

「あ、そんなことないよ。おれたちも、がんばらなくちゃ」

拓真《たくま》は無理に笑った。


その日の夜。

茜《あかね》：何かあったの？　日菜子《ひなこ》ちゃんが、落ち込《こ》んでるけど。やめたくなったって。

それは、拓真《たくま》へのダイレクトメッセージだった。やめたくなった？　さんざん引っかき回して、とは思ったが、そうは言っても、このチームに、やはり日菜子《ひなこ》は欠かせない。

それに、たぶん日菜子《ひなこ》は、攻撃的《こうげきてき》な分、防御力《ぼうぎょりょく》はあまりないのかもしれない。特に、健斗《けんと》からの攻撃《こうげき》には弱い。

拓真《たくま》：すみません。おれ、リーダーシップなくて。坂本《さかもと》は、リーダーシップが、ありすぎるっていうか。

茜《あかね》：つっぱしるタイプだもんね。一度、クールダウンした方がいいんじゃないかな。

拓真《たくま》は、クールダウンという言葉を、しばらく考えてから、グループＬＩＮＥ《ライン》でメッセージを送った。

拓真《たくま》：いろいろ考えたけど、ちょっと小休止したいです。期末テストも近いので、しばらくミーティングはしません。それから、新着《しんちゃく》 情報《じょうほう》もお休み。少し、プロジェクトから離《はな》れて、リフレッシュしましょう。期末が終わるまでは、サイトも見ないことにします。

茜《あかね》：そうだね。君たちは中学生だから、期末テストも大事だよ。

すぐに、了解《りょうかい》という返信が四人から届《とど》いた。でも、もしも茜《あかね》の言葉がなかったら、こうは進まなかったかもしれない。

拓真《たくま》が嬉《うれ》しかったのは、千聖《ちさと》から直接《ちょくせつ》メッセージが入ったことだ。

千聖《ちさと》：グッドな判断《はんだん》だと思うよ。

ほっこりと胸《むね》が温かくなった。

11 だれのためのプロジェクトか

月が変わって、期末テストに突入《とつにゅう》した。拓真《たくま》はこの間宣言《せんげん》した通り、サイトを見ないで過《す》ごした。プロジェクトメンバーとも、なるべく関《かかわ》らないようにした。

期末テストが終わった三月六日、拓真《たくま》たちは、ミーティングを再開《さいかい》した。空気はまだぎくしゃくしているが、対立モードというほどではない。クールダウンは一定の効果《こうか》があったようだ。

「サイト、見た？」

と聞くとだれもが首を横に振《ふ》る。

「じゃあ、見てみるか」

日菜子《ひなこ》が、スマホを開く。

「うそ！」

「どしたの？」

日菜子《ひなこ》は、スマホを指し示《しめ》した。

「うそ！」

翠《すい》が、日菜子《ひなこ》と同じ言葉で叫《さけ》んだ。

「まじか？」

支援《しえん》が、急に増《ふ》えていたのだ。到達度《とうたつど》を示《しめ》すグラフがぐんと伸《の》びている。

小休止前は、支援総額《しえんそうがく》は六〇万円弱で、達成率《たっせいりつ》は三七パーセント程度《ていど》だったのに、この五日間で、一気に八〇万円まで達していたのだ。

「すごい伸《の》び率《りつ》。何もしてないのに」

千聖《ちさと》が、目を丸くしてつぶやく。

金額《きんがく》が大きめの支援《しえん》は、どうやら勇《いさむ》の知り合いのようだった。それに、咲子《さきこ》の友人らしき支援者《しえんしゃ》もいた。だが、金額《きんがく》は少ないものの、人数が多かったのは、意外な人々だった。

◆応援《おうえん》メッセージ
ヤジさんのインスタ見ました。中学生ががんばってるなんて、すばらしい。応援《おうえん》します！

キタさんのツイッターで、写真見ました。いいとこですね。私《わたし》の田舎《いなか》を思い出しました。そこも、過疎《かそ》と高齢化《こうれいか》が進んでます。がんばってください。

ヤジさんの畳《たたみ》の写真見て、きれいな畳《たたみ》になればいいなあと思いました。中坊《ちゅうぼう》、がんば！

ツイッターのタイムラインに流れてきました。少額支援《しょうがくしえん》しかできないけれど、いつか、奥沢集落《おくさわ》に行ってみたいです。

「あの人たち、なの？」
翠《すい》がぽつりと言うと、すぐに健斗《けんと》も言葉を続ける。

「これが、SNS《エスエヌエス》の効果《こうか》か」

「少額《しょうがく》の支援《しえん》で、ずうずうしいっていうか、態度《たいど》もなんだかなって思ったけど……」

千聖《ちさと》がにっこり笑った。

不思議なことに、ぎくしゃくした雰囲気《ふんいき》がすっかりなくなっていた。

「で、しばらくサイトアップしてないけど、新着《しんちゃく》情報《じょうほう》、何書こうか。何かアイデアない？」

と日菜子《ひなこ》がみんなに聞く。

「中学生らしく、期末テストでした、とか書いちゃったらどうかな」

翠《すい》が言うと、

「それ採用《さいよう》！」

と、日菜子《ひなこ》が笑顔《えがお》で応《おう》じた。

「やっぱり、日菜子《ひなこ》はいばってるなあ」

「いばってるって、ひどい！　だって、拓真《たくま》がリーダーシップ発揮《はっき》しないから」

「けど、小休止の提案《ていあん》はよかったと思うよ」

千聖《ちさと》の言葉に健斗《けんと》が肩《かた》をすくめる。

「どうせ、試験だったけどな」

「ねえ、土曜か日曜に、奥沢《おくさわ》でミーティングやらない？　ハル姉に、車出してもらうよ」

「だったら、拓真《たくま》のじいちゃんにも加わってもらおうよ。あと、奥沢《おくさわ》のばあちゃんたちにも」

と、翠《すい》。すると、日菜子《ひなこ》が言った。

「咲子《さきこ》さんにも、声かけよう」

「ねえ、真穂《まほ》ちゃんは、興味《きょうみ》持ってくれないの？」

千聖《ちさと》の言葉に、翠《すい》がきょとんとした顔で聞く。

「真穂《まほ》ちゃんって？」

「わたしの姉の友だちで、拓《たく》ちゃんのお姉さん」

「姉貴《あねき》は、プロジェクトにもあの家にも、興味《きょうみ》ねえって感じ」

「そっか」

千聖《ちさと》は、かすかに眉《まゆ》を寄《よ》せた。

遥菜《はるな》の都合を優先《ゆうせん》して、日曜日に出かけることになった。咲子《さきこ》は、あとから車で来るという。しかし、勇《いさむ》は行くとは言わなかった。

「どうして？　行きたいと思ってくれるかと思ったのに」

と拓真《たくま》が聞くと、勇《いさむ》は、穏《おだ》やかに笑った。

「いや、おれはいいよ。プロジェクトの話し合いをするんだろう。みんなで考えてくれれば、それでいい」

遥菜《はるな》の車には、林業会社「フォレスト坂本《さかもと》」の社員が一人《ひとり》乗っていた。清川常人《きよかわつねと》という二十四歳《さい》の人だ。フォレスト坂本《さかもと》は、山の管理をする会社だから、大工ではない。が、木のプロだから、何か役立つかもしれない、との触《ふ》れ込《こ》みだったが、どうやら、常人《つねと》は遥菜《はるな》の恋人《こいびと》らしい。

常人《つねと》は大らかな人で、勇《いさむ》の家の背後《はいご》の山を指さして、

「あのあたりも、うちの会社で管理してるんだ」

と言った。

縁側《えんがわ》に近い八畳《じょう》間《ま》で、ミーティングが始まった。

カセットガスヒーターは置いてあるし、今日はカセットコンロとやかんも持ってき

たので、いつでもお茶が飲める。

さっそく、拓真《たくま》はお湯を沸《わ》かして、お茶を淹《い》れた。

「いいね、男の子がそういう働きをするの」

と、遥菜《はるな》が豪快《ごうかい》に笑った。

「清川《きよかわ》さん、尻《しり》に敷《し》かれそう」

翠《すい》がささやいたが、その声はみんなに聞こえてしまった。

お茶を淹《い》れているうちに、久子《ひさこ》と毅《たけし》がやってきた。

「勇《いさむ》は来んのかね」

毅《たけし》が聞くと、

「若《わか》い者に任《まか》せるんですって」

と久子《ひさこ》がフォローする。

「まあ、たしかにおれの方が、勇《いさむ》よりは若《わか》いがな」

毅《たけし》はクックッと笑った。

久子《ひさこ》が持ってきてくれた饅頭《まんじゅう》を食べながら、

「もう半分過《す》ぎたっていうか、あと三週間ちょっとしかないのに、まだ五〇パーセントちょいでしょ。ここらで一発、ドカッと打ち上げたいね」

と、日菜子《ひなこ》が口火を切る。日菜子《ひなこ》らしい言い方に、やれやれというふうに健斗《けんと》も翠《すい》も笑ったが、拓真《たくま》はほっとした。やっぱり、日菜子《ひなこ》は日菜子《ひなこ》らしい方がいい。

ほかのメンバーも、それぞれいい働きをしている。いちばんびっくりしたのは翠《すい》だ。以前は、日菜子《ひなこ》にくっついているちょっと軽い感じの子としか思ってなかった。翠《すい》があんなに奥沢愛《おくさわあい》が強かったとは。それには、だれもかなわないのではないか。

健斗《けんと》は頭が切れるだけではなくて、日菜子《ひなこ》を抑《おさ》えられる。でも、それをしっかり読んでいたのは、千聖《ちさと》だ。

「もう少し、ここをこうするって、計画、きちんと入れた方がいいんじゃないかな」

健斗《けんと》の言葉に、すぐに日菜子《ひなこ》が応《おう》じる。

「賛成《さんせい》。囲炉裏《いろり》は無理でもさ」

「ねえ、せっかくだから、久子《ひさこ》さんと毅《たけし》さんにも、登場してもらおうよ」

と、翠《すい》が言った。

「ええ？　わたしたち？」

「お願いします。じいちゃんも、奥沢《おくさわ》で過《す》ごせたらいいと思ってるけど、でもそれも、久子《ひさこ》さんたちがいればこそ、なんだと思うんです」

拓真《たくま》が言った。

「そうねえ。だったら、協力しなくちゃ。勇《いさむ》さんの願いは、たぶん笑美子《えみこ》さんも同じだと思うから」

「ああ、笑美子《えみこ》さんは、名前の通りの人だったなあ」

毅《たけし》がしみじみと言った。

「名前って?」

日菜子《ひなこ》に聞かれて、拓真《たくま》は答えた。

「笑うって字と美しいって字」

「笑顔《えがお》が美しかったんだ」

「この家で、いつまでも暮《く》らしたかったたでしょうね。二人《ふたり》で」

久子《ひさこ》は少し涙声《なみだごえ》になった。

「拓真《たくま》のおじいさんのために、成立目指してがんばろう」

日菜子《ひなこ》が元気よく言った。

でも……。

拓真《たくま》は、ふと不安になった。今日も、来てくれるかと思ったのに。元気がないわけではない。笑美子《えみこ》が亡《な》くなった頃《ころ》に比《くら》べて、だいぶしゃべるようになったし、散歩もするようになった。それなのに、今日、来ようとしなかったのは、なぜだろう。若《わか》い者に任《まか》せるって、本当にそれでいいのだろうか。

もしかしたら、すごくよけいなことをしているんじゃないだろうか。

そんなことを思って黙《だま》っていると、

「どうかした？」

と隣《となり》に座《すわ》っていた千聖《ちさと》が小声で聞いた。

「い、いや、なんでもない」

その時、赤いミニバンが入ってきた。咲子《さきこ》が来たのだ。

「ケーキ買ってきたよ〜」

咲子《さきこ》はそう言いながら、はずむような勢《いきお》いで入ってきた。

「じゃあ、お湯沸《わ》かしなおす」

と拓真《たくま》が立ち上がると、すぐ後ろから、咲子《さきこ》がついてきた。

「お皿、置いてあったんじゃない？」

「いいよ。洗《あら》うの面倒《めんどう》だし」

「それもそうだね」

「ねえ、咲子《さきこ》おばちゃん」

「ん？」

「おれ、ほんとに、これでいいのかなって、ちょっと考えちゃった」

「え？」

「今日、じいちゃんを誘《さそ》ったけど、来なかったし。最近、前より、元気にはなってるんだ。でもさ、もしかしたら、おれたち、よけいなことしてんじゃないかって」

咲子《さきこ》は、クスッと笑った。

「なんだ、拓真《たくま》。けっこう繊細《せんさい》だね。そんなことだと、あの子たちに勝てないよ」

端《はな》から勝とうというつもりもないが、そうとも言えず、

「勝ち負けじゃないよ」

と気弱に笑う。

「もしかしたら、父さんの思う形とは違《ちが》うのかもしれない」

「やっぱり」

「でも、それでもいいんだよ。父さん、すごく喜んでた。拓真《たくま》はやさしい子だって。それにこんなことがなければ、中学生の笑い声が、奥沢《おくさわ》集落に響《ひび》くなんてこともなかった。久子《ひさこ》さんたちだって嬉《うれ》しそうだし、父さんも同じだよ」

「ほんとに？」

「この家の外観は変わらない。庭には樫《かし》の木も柿《かき》の木もある。欅《けやき》もある。ここは、父さんと母さんと、兄貴《あにき》とわたしの思い出の詰《つ》まった家だからこそ、このまま放置されるよりはずっとずっといいよ」

拓真《たくま》は、咲子《さきこ》からバシッと背中《せなか》をたたかれて、少し身体が軽くなったような気がした。

ケーキは、咲子《さきこ》の好きなモンブランばかりだった。

「咲子《さきこ》おばちゃんって、こういうの、絶対《ぜったい》自分の好きなもの買ってくるタイプだね」

拓真《たくま》が言うと、

「あったり前じゃん。わたしがおいしいと思うものは、みんなおいしいと思うよ」

と咲子《さきこ》が笑った。

「それ、いいですね。あたしもそう思って突《つ》き進むことにします」

日菜子《ひなこ》が言うと、すぐに翠《すい》が突《つ》っ込《こ》んだ。

「すでに、そうしてるって」

「たしかに」

と健斗《けんと》が言って、全員にクスクス笑いが広がる。でも、この感じは悪くない、と拓《たく》真《ま》は思った。

それから、資金調達《しきんちょうたつ》を進めるにはどうするか、話し合った。

久子《ひさこ》も毅《たけし》も、奥沢《おくさわ》集落のお年寄《としよ》りに、もう一度宣伝《せんでん》すると言ってくれた。

「ねえ、日菜子《ひなこ》のお父さん、社長でしょ。知り合いとか、多いんじゃない？」

翠《すい》が言うと、日菜子《ひなこ》は露骨《ろこつ》に顔をゆがめた。

「うちは、従業員《じゅうぎょういん》五人の零細企業《れいさいきぎょう》なんですけど」

「あ、おれ、そこの社員っす。でも実務《じつむ》は社長より、遥菜《はるな》さんが切り盛《も》りしてるんで」

と、常人《つねと》が口をはさんだ。

「顧客《こきゃく》の山主さんの、何人かは、支援《しえん》してくれてるのよ。でも、取引先にも頼《たの》んでみるわね」

遥菜《はるな》が言った。

「貯金くずせば、少しは、出せるんだけどな」

拓真《たくま》がポロッと言うと、

「中学坊主《ちゅうがくぼうず》が、お金で無理するのは、感心しないな」

と咲子《さきこ》がきっぱりと返し、遥菜《はるな》も常人《つねと》も賛意《さんい》を示《しめ》す。

「それに、わたしたちはお金を集める側、出さないって決めたよね」

千聖《ちさと》の言葉に、みなが頷《うなず》いた。

「とにかく、できるかぎり伝手《つて》をたどって、支援《しえん》を増《ふ》やそう！」

という日菜子《ひなこ》の大きな声に、拓真《たくま》は励《はげ》まされた。こういう時は、日菜子《ひなこ》の鬱陶《うっとう》しいまでの元気がありがたい。

いつの間にか、西日が差し込《こ》んでいた。日はだいぶ傾《かたむ》いていたが、まだ外は明るい。

「ずいぶん日が長くなったわねえ」

久子《ひさこ》がつぶやいた。

「そうですね。最初に来た時は、この時間、薄暗《うすぐら》くなってたかも」

「山を見てると、春とは名のみだと思うけれど、水もぬるくなってきたし、春はすぐそばまで来てるのね。今年《ことし》は、桜《さくら》はいつ頃《ごろ》咲《さ》くのかしら」

ここに桜《さくら》が咲《さ》く頃《ころ》、プロジェクトが成立したかどうか、結論《けつろん》は出ている。

「もしかしたらだけど……」

拓真《たくま》は、おずおずと口を開いた。

「何？」

「おれ、じいちゃんのために、ここ、なんとかしたいって、思ったんだよな。でも、それだけじゃなかったのかなって」

「それだけじゃないって？」

「あの、弥次喜多《やじきた》コンビだってさ。おれたちがプロジェクトを立ち上げなかったら、一生、ここに来ることはなかったかもしれない。それと、栗木《くりき》地区の中心に住んでる人も、ちょっとは、奥沢《おくさわ》のこと、考えてくれたし」

「そうだね。わたしも、プロジェクトのおかげでいろいろ考えた。母さんの田舎《いなか》のおばあちゃんのこととかも。そこもけっこう過疎化《かそか》してるんだ」

しみじみと千聖《ちさと》が言った。

「ほかにも、こんなところが日本のあちこちにあるかもしれないわね」

遥菜《はるな》の言葉に、翠《すい》が唇《くちびる》をとがらせて反論《はんろん》する。

「奥沢《おくさわ》はたった一つですよぉ」

遥菜《はるな》はにっこり笑った。

「そういう意味じゃなくてね、その人なりのたった一つがたくさんあるんだなって」

「それなら、わかります。あたしは、栗木《くりき》に住んでるからこそ、ここが大事なんだ」

帰る時、翠《すい》は柿《かき》の木のそばにしゃがみ込《こ》んで、幹《みき》の根本にふれた。

「土が温かい」

そう言って立ち上がった翠《すい》の頬《ほお》が、西日で赤く染《そ》まっていた。

「見事な夕日ですね」

常人《つねと》がしみじみとした口調で言った。

12 じいちゃんの天敵《てんてき》

期限《きげん》まで二週間あまりとなった。だが、支援金額《しえんきんがく》はまだかなり不足している。

健斗《けんと》の発案で、木工作家《もっこう》の南郷有輝《なんごうゆうき》のインタビューを、新着情報《しんちゃくじょうほう》としてアップした。木工品製作中《もっこうひんせいさくちゅう》の写真や、リターンの木工品《もっこうひん》も写真で紹介《しょうかい》した。写真を撮《と》ったのは千聖《ちさと》だ。有輝《ゆうき》の表情《ひょうじょう》がいいと、写真の評判《ひょうばん》は上々だった。

一定の成果はあったが、まだまだ足りない。

リビングでスマホを見ながらため息をつくと、

「やめてよ。気が滅入《めい》る」

と姉の真穂《まほ》にいやな顔をされた。

「ごめん」

とりあえず謝《あやま》る。それが、姉に対して身につけた対処法《たいしょほう》だ。

「苦戦してるみたいだね」

「え?」

「あんたたちの、プロジェクトの話だよ。あのおんぼろの家を、リフォームするって話」

「興味《きょうみ》、あるんだ」

「ないよ」

バサリと切り捨《す》てるような即答《そくとう》だった。

「けど、なんか、ちまちましたことやってるな、って思った」

思わず、顔が引きつる。

「そんなこと言ったたって、しょうがないだろ」

「っていうか、大物つかんでないじゃん」

「大物って?」

「地域《ちいき》の有力者とか」

「……だれ? 議員とか」

「そんなの知らないよ」

「なんだ。聞いて損《そん》した」

「でもまあ、美山《みやま》市に君臨《くんりん》したといえば、やっぱ、坪田正三《つぼたしょうぞう》だろうね」

「だれ、それ」

「知らないの？　前の市長だよ」

「知らない」

堂々と拓真《たくま》は答えた。今の市長は三期目で、つまり、拓真《たくま》が物心ついた時から替《か》わってない。

「じいちゃんの、天敵《てんてき》」

真穂《まほ》は、にやっと笑った。

「だめじゃん」

「でも、味方につけたら、効果抜群《こうかばつぐん》かもよ」

真穂《まほ》は、素《そ》っ気《け》ない口調で言うと、リビングから出ていった。


翌日《よくじつ》のミーティングで、拓真《たくま》は真穂《まほ》の言ったことを話してみた。

「知ってる。坪田正三《つぼたしょうぞう》って、最初は栗木《くりき》の村長だったんだ。だけど合併後《がっぺいご》にはなんと、美山《みやま》出身の候補《こうほ》を破《やぶ》って、市長に当選しちゃったんだ」

健斗《けんと》の言葉に、四人が同時に「へーえ？」と声をあげた。

「それは、すごいかも」

「合併《がっぺい》を強力に推進《すいしん》した人で、美山《みやま》の中にも強い人脈があったという話。今は、美山《みやま》市のりっぱな家に住んでるけど、市長を退《しりぞ》いてからも、市の顔役としていろんな名誉《めいよ》職《しょく》に就《つ》いてるし、あちこちでセミナーとか、あと、大学なんかで講師《こうし》とか、やってた」

「健斗《けんと》、なんでそんなこと、知ってるの？」

「小学生の時、自分の住むところを調べるって宿題なかった？」

「そういえば、あったかも」

「その時、インタビューに行ったんだ。いろいろ話してくれたよ」

「じゃあ、健斗《けんと》のこと、覚えてるかも」

と、日菜子《ひなこ》が期待に満ちた目を向ける。

「わけねえだろ。おれなんか、one of them《ワンオブゼム》だよ」

「日菜子《ひなこ》のお父さん、知り合いじゃないの？　社長なんだし」

「社長言うな。でも、頼《たの》みに行ってみようか」

「伝手《つて》は？」

「副社長に聞いてみる。取引先に知り合いいないか」

「副社長？」

「ハル姉」

四人が一瞬《いっしゅん》、ぽかんとした顔を見せた。遥菜《はるな》が副社長だったとは。

「行くなら早い方がいいな。もう残り二週間足らずだし」

「五人で行くの？　それとも、遥菜《はるな》さんがつきあってくれるとか」

「でも、あんまり何度も、悪くない？」

「ハル姉なら、大丈夫《だいじょうぶ》だと思うな。プロジェクトの応援団長《おうえんだんちょう》って言ってるし」

「家、美山《みやま》市だったよね。アポイント取らないとまずいだろうな」

なんだか妙《みょう》な展開《てんかい》になってきたと、拓真《たくま》はただ黙《だま》って見ていたが、もう一人《ひとり》ずっと沈黙《ちんもく》していた千聖《ちさと》が割《わ》って入った。

「ちょっと待って、でも、その人、拓《たく》ちゃんのおじいちゃんの、天敵《てんてき》だったんでしょ」

三人の視線《しせん》が、千聖《ちさと》に集まった。熱気が一気に冷えた。

「天敵《てんてき》、か」

「なんでそうなったの？」

「知らない」

「それ、明日《あした》までに聞いてきて。あと、あたしたちが、その人のところにお願いに行っていいかもちゃんと聞いて！」

命令口調で言った日菜子《ひなこ》をちらっと見た健斗《けんと》が、コホンとわざとらしく咳《せき》をする。

日菜子《ひなこ》は慌《あわ》てて言い足した。

「聞いて、くれるよね、リーダー」

「わかった」

と答えたものの、拓真《たくま》はまた重い荷を背負《せお》わされてしまったと思った。

それにしても、元市長だという名士と、勇《いさむ》は何をもめたのだろう。


その日、家に帰った拓真《たくま》は、勇《いさむ》の部屋《へや》を訪《おとず》れた。同居《どうきょ》を始めた当初は、ぼんやりと居間《いま》でテレビを観《み》てばかりだったが、このところ、部屋《へや》で本を読んだり、何やら書き物をしていることが多くなった。

「どうした、拓真《たくま》」

「ちょっと、相談っていうか、聞きたいこともあって」

「クラウドなんとかのことか？」

「うん。っていうか、そうでもあるし、そうでもないような」

「はっきりしないやつだな」

と言いながらも、口調には叱《しか》るような響《ひび》きはない。

「ごめん」

「おまえは、すぐに謝《あやま》る子だな」

また、ごめんと言いそうになって、拓真《たくま》は言葉を飲み込《こ》む。

「真穂《まほ》がさあ」

「ああ、真穂《まほ》は気が強いからなあ」

と、勇《いさむ》は笑ってから真顔になる。

「無駄《むだ》に謝《あやま》るなよ。だが、謝《あやま》るべき時に謝《あやま》ることは大事だ。詫《わ》び上手《じょうず》になれ。それは、やたら謝《あやま》ることとは違《ちが》うぞ」

「はい」

「で、なんだ？」

「元市長の坪田正三《つぼたしょうぞう》って、じいちゃんの天敵《てんてき》だって聞いたけど」

名を出した瞬間《しゅんかん》、勇《いさむ》の顔がゆがんだ。

「……だれが、そんなことを」

「真穂《まほ》に聞いた。なんかで、もめたのかなって」

「そうだな。あいつのことは、昔から知ってるよ。おれは、合併前《がっぺいまえ》から美山《みやま》市の職員《しょくいん》として、奥沢《おくさわ》から市役所に通っていた。あいつは、若《わか》いうちに栗木《くりき》村の村会議員になって、それから栗木《くりき》村の村長になった。栗木《くりき》のことを考える立場なのに、美山《みやま》市との合併《がっぺい》を選んだ」

「じいちゃん、合併《がっぺい》に反対だったの？」

「反対だったよ。栗木《くりき》の良さが失われると思ったからな」

「そうなのかな」

「結果はわからん。いい面も悪い面もあったと思う。だが、奥沢《おくさわ》の過疎化《かそか》が進んだのは、合併《がっぺい》が大きかったと、今でも思っている」

バス路線がなくなったことを言っているのだろうか、と拓真《たくま》は考えた。路線がなくなったのは、利用者が減《へ》ったからだと聞いた。でもそれは、卵《たまご》とニワトリの話みたいなものなのかもしれない。

「その人のこと、嫌《きら》い？」

「というより、おれが嫌《きら》われている、と言うべきだろうな。政治手腕《せいじしゅわん》はあったし、雄《ゆう》弁《べん》でな」

勇《いさむ》は、雄弁《ゆうべん》というタイプではない。拓真《たくま》が黙《だま》っていると勇《いさむ》がまた聞いた。

「あいつが、どうかしたか？」

「うん、ちょっと、なんていうか……。ポラリスの茜《あかね》さんに、言われたのを思い出して……地域《ちいき》のことは、有力者が鍵《かぎ》になることもあるって。それで、坪田正三《つぼたしょうぞう》さんだったら、顔が利《き》くんじゃないかって」

「だれが、坪田《つぼた》のことをそう言ったんだ？」

「真穂《まほ》」

「真穂《まほ》が？」

「もしも、その人のところに、おれたちがお願いに行ったら、っていうか、会ってくれるかどうかもわかんないけど。とにかく、支援頼《しえんたの》んだりしたら、じいちゃん、いや？」

「……おれがいやだと言ったら？」

「行かない」

その時だけは、拓真《たくま》は即答《そくとう》した。

「好きにしろ」

「え？」

「いやだと言ったら？　と聞いたが、おれは、いいとかいやだとか、言う立場にないよ。おまえたちが、奥沢《おくさわ》のことを考えてあれこれ動いている。それだけで十分だ。だから好きにやれ」

勇《いさむ》は穏《おだ》やかな顔でそう言った。

拓真《たくま》は、さっそくLINE《ライン》で知らせた。

拓真《たくま》：じいちゃんから、OK《オーケー》出た。

千聖《ちさと》：よかった！

日菜子《ひなこ》：よかった。こっちも、山主のお客さんが、坪田《つぼた》さんの知り合いで、紹介《しょうかい》してくれるって。「市長（元市長だけどね）とは昵懇の間柄《あいだがら》だ」って。

翠《すい》：字、読めないよ。っていうか、また、日菜子《ひなこ》、先走ってる。

日菜子《ひなこ》：ちゃんと、仮定《かてい》で聞いてるし。

すぐに、照れ笑いのスタンプが送信されてきた。

健斗《けんと》：ちなみに、山川《やまかわ》が読めないと言ったのは、ジッコン。親しいことをいう。

拓真《たくま》：おれも読めなかった。

茜《あかね》：有力者、見つけたみたいだね。成功、祈《いの》ってます。

フォレスト坂本《さかもと》の顧客《こきゃく》である山主が連絡《れんらく》を取ってくれて、二日後《ふつかご》、授業《じゅぎょう》が終わってから、五人で正三《しょうぞう》の家を訪《たず》ねることになった。

拓真《たくま》としては、遥菜《はるな》に同行してほしかったが、遥菜《はるな》は、中学生の立ち上げたプロジエクトなのだから、君たちだけで行きなさい、と言ったらしい。

日菜子《ひなこ》はうきうきと楽しそうだが、拓真《たくま》は緊張《きんちょう》していた。何しろこれから会うのは、祖父《そふ》・勇《いさむ》の天敵《てんてき》なのだ。

正三《しょうぞう》の家は思ったよりも小さかった。ただ、どっしりとした和風の建物で、庭もきれいに植栽《しょくさい》が整えられていた。

日菜子《ひなこ》が門の脇《わき》のドアチャイムを押《お》すと、門扉《もんぴ》が自動で開いた。

「入っていいのかな?」

「いいんじゃね?」

拓真《たくま》は、日菜子《ひなこ》に強く押《お》されて、先頭で門をくぐった。

敷石《しきいし》を踏《ふ》みながら玄関《げんかん》に近づいていくと、年輩《ねんぱい》の女性《じょせい》が現《あらわ》れた。すらっと背《せ》の高い、気品のある人だった。

「こんにちは。お待ちしてましたよ」

笑顔《えがお》を向けたその人は、正三《しょうぞう》の妻《つま》だった。

「わざわざ市長夫人が、あたしたちを出迎《でむか》え？」

日菜子《ひなこ》の言葉に、すぐに健斗《けんと》が突《つ》っ込《こ》む。

「元、市長夫人、な」

五人はリビングに通された。外観はいかにも和風だが、その部屋《へや》は明るい洋間だった。

ガラスのテーブルを囲み、L《エル》字型のソファに、L《エル》字を作って五人が座《すわ》っていると、正三《しょうぞう》が現《あらわ》れた。

どんな大物かと思ったら、小物だった。というのはもちろん見かけの話だ。小柄《こがら》でやせている。夫人の方が背《せ》が高いのではないか、と思えるぐらいだ。顔のつくりも地味で、ただどこか気むずかしそうな表情《ひょうじょう》をしている。

「今日は、お忙《いそが》しい中、ぼくたちのために、お時間をいただき、ありがとうございます」

拓真《たくま》は、遥菜《はるな》から、こう言えと言われた言葉をそのまま口にした。言いながら、かまないようにと気をつけたせいか、下手《へた》な役者の棒読《ぼうよ》み台詞《ぜりふ》のようになった。

「別に、忙《いそが》しくなどないがな」

ビクッとなった。言われた言葉もさることながら、部屋中《へやじゅう》に響《ひび》くドスの利《き》いた声だったのだ。小柄《こがら》な身体のどこからこんな声が出るのだろう。

「あの、ぼくたちは栗木《くりき》中学の二年生で、実は、クラウドファンディングで、奥沢《おくさわ》の古民家再生《さいせい》の……あの、クラウドファンディングって、知っ……ご、存《ぞん》じですか」

拓真《たくま》がおずおずと聞くと、正三《しょうぞう》は露骨《ろこつ》に顔をしかめた。

「わしをだれだと思ってるんだ?」

まずいことを言ったかと思っていると、すぐに日菜子《ひなこ》が口を出した。

「元市長さんです!」

それ、フォローになってないと、ますます焦《あせ》ったところに、戸が開いてトレイを手にした夫人が現《あらわ》れた。

「まあ、あなた。外まで声が聞こえましたよ。ただでさえ、声が大きいのだから。それにそんなおっかない顔でいたら、言いたいことも言えなくなるじゃありませんか」

穏《おだ》やかに微笑《ほほえ》んで、夫人は紅茶《こうちゃ》とクッキーをテーブルに並《なら》べる。

「あの、ぼく、前にお話をうかがったことがあります。もちろん、覚えていらっしゃらないでしょうが」

と健斗《けんと》が言うと、正三《しょうぞう》は眉《まゆ》を寄《よ》せて健斗《けんと》を見た。

「覚えておる。栗木《くりき》小学校だろ。市庁舎《しちょうしゃ》のロビーで会った。二年半前の、十月だ。違《ちが》うか」

「まじっすか！」

健斗《けんと》の顔が素《す》になってしまった。

「政治家《せいじか》でしたからね。顔と名前の覚えだけはいいのよ」

夫人は、優雅《ゆうが》に笑った。

「えーと、あたしたちのリーダーは、この、大原拓真《おおはらたくま》です」

と日菜子《ひなこ》が拓真《たくま》を指さした。

「大原《おおはら》？」

正三《しょうぞう》の眉《まゆ》が寄《よ》った。

「はい。あの、ぼくは、大原勇《おおはらいさむ》の孫で、今、祖父《そふ》と同居《どうきょ》してます。で、クラウドファンディングで取り組んでいる古民家の修理《しゅうり》は、実は、奥沢《おくさわ》にあるじい……祖父《そふ》の家です。住んでないので、荒《あ》れていて、それをなんとかできないかと……」

「これが、あたしたちの取り組みです」

と、日菜子《ひなこ》がすかさず、サイトをプリントアウトしたものを差し出した。

正三《しょうぞう》は、手に取ったものの、さっと眺《なが》めただけで、プリントをすぐにテーブルに戻《もど》した。それから、なぜか険《けわ》しい目つきでじっと拓真《たくま》を見ている。射《い》すくめられた拓真《たくま》は、倒《たお》れそうになった。

「あの、それで、市の……ゆうりく…有力者である……」

拓真《たくま》が言いよどんでいると、いきなり、身を乗り出すようにして翠《すい》が口を開いた。

「ぜひ、ご協力ください。あたし、栗木《くりき》が好きなんです。大好きなんです。あと、奥《おく》沢《さわ》も。奥沢《おくさわ》は、あたしのじいちゃんたちが育った場所なんです。今は、栗木《くりき》の中心街に住んでるけど。奥沢《おくさわ》だと、学校にも通えないし。けど、奥沢《おくさわ》はあたしの心のふるさとなんです。それで、大原《おおはら》のじいちゃんや、黒島久子《くろしまひさこ》さんたちが、一緒《いっしょ》にのんびりできる場所があればいいなって」

「山川《やまかわ》、黒島《くろしま》さんって言ったたって、わかんないだろ」

健斗《けんと》がそう言ったが、正三《しょうぞう》は、すぐに、

「いや、知っとるぞ」

と言った。

「すげえ」

日菜子《ひなこ》がつぶやくと、正三《しょうぞう》がまた眉《まゆ》を寄《よ》せる。おそらく言葉遣《ことばづか》いが気に入らなかったのだろう。

「ほら、人のことは覚えてるの」

と、夫人が笑った。

「うるさいな。おまえには関係のないことだ」

「はいはい。わかりましたよ。みなさん、ごゆっくり」

夫人は、目に笑いを残したまま、部屋《へや》から出ていった。

「君たちの言いたいことは、わかった」

「あの、それで……」

「考えておく。話は済《す》んだな」

考えておく……期待薄《きたいうす》ということだろうか。頼《たの》みごとをした時に、拓真《たくま》の親も口にするセリフだが、たいていは実現《じつげん》しない。

「あの……」

「まだ、何かあるのかね」

「いえ。ただ、その……」

「君は、おじいさんに似《に》てないな。はっきり言いなさい」

「おれ、ぼくは、最初は、じいちゃんのためって思ったんです。でも、プリントを読んでもらえばわかると思いますが、美山《みやま》以外にも、おんなじような場所があって、そうか、これは、おれんちのことだけじゃないんだなって。だから、最初、クラウドファンディングなんて、なんのこっちゃって感じだったんだけど、でも……」

「拓真《たくま》、何言ってんのよ」

「やってよかったって。それが、言いたいんです。励《はげ》みになったって、言ってくれる人がいて……。坪田《つぼた》さんは、じいちゃんのことが嫌《きら》いでしょうけど。このプロジェクトは、じいちゃんのためだったけど、じいちゃんのためだけじゃないっていうか
……」

「おれが、君のおじいさんを嫌《きら》ってる？」

「……そうなんですよね」

「違《ちが》う。あっちが、おれのことを嫌《きら》ってるんだ」

正三《しょうぞう》は仏頂面《ぶっちょうづら》で、吐《は》き捨《す》てるように言った。

失敗した、と思い、拓真《たくま》はうなだれた。すると、正三《しょうぞう》は幾分《いくぶん》語気を和《やわ》らげてから聞いた。

「今、あいつと、同居《どうきょ》してるんだったな」

「はい。祖母《そぼ》が亡《な》くなったので。祖父《そふ》は、運転免許《うんてんめんきょ》を返納《へんのう》しちゃったから……」

「笑美子《えみこ》さんが、亡《な》くなった？」

「祖母《そぼ》のことも、知ってるんですか？」

「少しはな。さあ、話は終わりだ。おれも暇《ひま》じゃないんだ。帰ってくれ」

これ以上どうしようもないと思い、拓真《たくま》たちは立ち上がった。

「失礼します」

と頭を下げて部屋《へや》を出る。正三《しょうぞう》は立って見送ることもしなかった。だが、夫人は門まで送り出ると、

「強面《こわもて》でごめんなさいね。でも、わたしは、あなたたちみたいに、若《わか》い人がお年寄《としよ》りの世代のことを考えていると聞いて、とても嬉《うれ》しかったわ」

と言ってくれた。

「むずかしいね」

ぽつりと千聖《ちさと》がつぶやくと、すぐに健斗《けんと》が頷《うなず》いた。

「だな。けっこう気むずかしい人だった」

「暇《ひま》じゃないって。忙《いそが》しくないって言ったくせに」

と翠《すい》が唇《くちびる》をとがらす。

「とにかく、また対策《たいさく》考えなくちゃね」

帰りのバスでは、だれもが言葉数が少なかった。そして、栗木《くりき》のバス停で方向の違《ちが》う日菜子《ひなこ》たちと別れた。

拓真《たくま》は千聖《ちさと》と二人《ふたり》になった。

「奥《おく》さん、味方っぽいから、説得してくれるかも」

あえて明るい口調で言った千聖《ちさと》に、拓真《たくま》は力なく笑った。

「それは、希望的観測《きぼうてきかんそく》ってやつじゃねえの？」

「やっぱ、そうかな」

「けど、おれのじいちゃんはさ、坪田《つぼた》さんに嫌《きら》われてたって言ってたけど、坪田《つぼた》さんはおれのじいちゃんに嫌《きら》われてたって。なんか変なのって思った」

「どっちも、自分が嫌《きら》いなんじゃなくて、相手に嫌《きら》われてるって思ってるのかな。なんか意地の張《は》り合いみたいだね」

「でも、意見が違《ちが》ってたのは事実だし」

「合併《がっぺい》は、栗木《くりき》村でもけっこう意見が割《わ》れたらしいからね。まあ、とにかくあんまり落ち込《こ》まないでがんばろ！　じゃあね」

千聖《ちさと》は、ぽんと肩《かた》をたたいてから、自分の家の方に小走りに向かう。慌《あわ》てて、

「ああ、また明日《あした》！」

と拓真《たくま》は言った。たたかれた肩《かた》に思わず手をやる。胸《むね》がズキンと鳴った。

期限《きげん》まであと十日あまりで、春休みに突入《とつにゅう》した。ぽつりぽつりと支援《しえん》が増《ふ》えたとはいえ、目標金額《もくひょうきんがく》には遠いが、結果は春休みが終わる前に判明する。

異変《いへん》が起きたのは、春休みに入って二日目《ふつかめ》のことだった。

日菜子《ひなこ》：大変！　見た？

健斗《けんと》：見た！　すげえ。

翠《すい》：これ、どういうこと？

千聖《ちさと》：拓《たく》ちゃん、起きてる？　早く、見て！

何ごとだろうと、拓真《たくま》がサイトを見ると……。支援《しえん》が激増《げきぞう》していた。
昨日までに比《くら》べ、達成度を示《しめ》すグラフがぐんと伸《の》びている。
拓真《たくま》は、仲間への返事も忘《わす》れて、勇《いさむ》の部屋《へや》に向かったが、勇《いさむ》は不在《ふざい》だった。リビングに行くと、真穂《まほ》がだらしないかっこうでソファに寝《ね》そべり、スマホをいじっていた。

「じいちゃんは？」

「出かけた」

「どこへ？」

「んなの、知らないよ」

「だよな」

「天敵《てんてき》、うまくたらし込《こ》んだみたいじゃん」

「へっ？」

「なんでもないよ」

とそっぽを向いた真穂《まほ》を見て、なんか、わかりづらいやつだと思ったが、それでも、正三《しょうぞう》にたどり着いたのは真穂《まほ》のおかげだ。

「ありがと、姉ちゃん」

「別に」

拓真《たくま》は、部屋《へや》に戻《もど》り改めてスマホを見る。

五万のリターンが四件《けん》、一万のリターンが一六件《けん》。小口と合わせて、たった一日で一気に四〇万近くの資金《しきん》が集まっていた。支援《しえん》は各地におよび、ほとんどが正三《しょうぞう》の知人だった。

◆応援《おうえん》メッセージ
お世話になった坪田《つぼた》さんの出身地で、中学生ががんばっていると聞いて、これはぜひ応援《おうえん》しなくてはと思いました。ふるさとを大切にしたいという気持ちに共感してます。

大学で坪田《つぼた》先生に、地方自治を習いました。それにしても、中学生が。今時の若者《わかもの》は、なんて言えないなあ、と感激《かんげき》してます。

元・栗木《くりき》村民で、合併《がっぺい》に反対した者ですが、合併《がっぺい》を推進《すいしん》した坪田《つぼた》さんが、中学生を応援《おうえん》する。時の流れが感慨深《かんがいぶか》いです。がんばれ、中学生！

その日の昼食後、拓真《たくま》は勇《いさむ》に呼《よ》び止められた。
「咲子《さきこ》から聞いた。坪田《つぼた》が力を貸《か》してくれたようだな」
「あ、うん。そうみたい」

「じゃあ、あいつに礼を言わねばな」

「えっ？　じいちゃんが？」

「そりゃあそうだ。おまえが、世話になったんだから」

そう言うと、勇《いさむ》は子機を手に、ソファに移動《いどう》してメモを見ながら電話をかけ始めた。

大丈夫《だいじょうぶ》だろうか。心配げに見ていると、なんとすぐに本人が出たようで、受話器から声がもれてきた。

――もしもし。

「あ、坪田《つぼた》さんかね。大原勇《おおはらいさむ》だが」

――大原《おおはら》？

「このたびは、おれの孫が世話になったので、一言、礼を言おうと思ってな」

――別に、おまえさんのためじゃない。礼にはおよばないよ。

受話器からもれる声でもわかる、不機嫌《ふきげん》そうな様子だった。

「そう言うだろうとは思ったが」

――だったら、わざわざ電話なんかかけてくるなよ。

「とはいえ、一言、礼を言っておかないと、おれの気が済《す》まない」

しばしの沈黙《ちんもく》。拓真《たくま》は、正三《しょうぞう》が電話を切ってしまったのかと思ったが、そうではなかったようだ。

——おまえは、けしからん。あんな若《わか》くてきれいな人を嫁《よめ》にして、早死にさせるとは。

今度は、勇《いさむ》が黙《だま》り込《こ》んだ。

——孫は、そばにいるのか。

「いる」

——じゃあ、ちょっと代わってくれ。

勇《いさむ》は、黙《だま》って頷《うなず》いた。頷《うなず》いたって相手には見えないのにと思いながら、拓真《たくま》は受話器を受け取った。

「代わりました。孫の拓真《たくま》です」

——少しは、役に立ったのか。

「はい。ありがとうございました」

——君のじいさんはな……。

正三《しょうぞう》は、ふいに小声になった。

「はい？」

――背《せ》も高くて、ダンディでな。そのうえ、かわいい奥《おく》さんをもらって、ほんとに憎《にく》らしかった。

「…………」

――それに、いいお孫さんを持ったな。がんばれよ。

拓真《たくま》が答える前に、電話が切れた。

いいお孫さんを、というくだりをのけて、正三《しょうぞう》の言葉を勇《いさむ》に伝えると、勇《いさむ》は、わっはっは、と声をたてて笑い、思わずキッチンにいた母が顔を出した。

そんなふうに快活《かいかつ》に笑う勇《いさむ》を見たのは、笑美子《えみこ》の死後、初めてだった。

支援金《しえんきん》は翌日《よくじつ》、その翌日《よくじつ》も増《ふ》え続け、たった三日間で五〇万円に達した。トータル一三八万円、残すところ一週間で、成立まで、二二万円となった。

13 あと少し、もう少し！

明日から四月という日、拓真《たくま》たちは、栗木《くりき》地区に一軒《けん》だけあるファストフードの店に集まった。

「坪田効果《つぼたこうか》も、一段落《いちだんらく》だね」

「けど、たった一人《ひとり》の、大物の一声で、こんなに効果《こうか》があるなんて、なんだか悔《くや》しいな」

日菜子《ひなこ》がつぶやくと、すぐに健斗《けんと》が、

「しょうがねえだろ。それが現実《げんじつ》なんだから」

と、少し乱暴《らんぼう》に言った。おそらく、健斗《けんと》も多少なりとも同じような思いでいたのだろう。

「大事なことは、プロジェクトを成功させることだもんね」

とりなすように、千聖《ちさと》が言った。

「ねえ、あと二〇万ちょいでしょ。それぞれがさあ、親とかに頼《たの》んだら、なんとかなるんじゃね」

日菜子《ひなこ》の言葉に、拓真《たくま》は慌《あわ》てて口をはさんだ。

「それは、やらないって、決めてるし。元はと言えば、おれのじいちゃんのためだし」

「でも、今はそれを越《こ》えたよ。けっこう楽しみにしてくれてる人、多いんだから。ぎりぎりだったらさ、なんとかしたいじゃん」

「おれは、反対」

健斗《けんと》がきっぱりと言った。

「うん。やっぱり、がんばる方向が違《ちが》う」

「ちょっとの差で、達成できなくても？」

「それでも」

と、拓真《たくま》は、真《ま》っ直《す》ぐに日菜子《ひなこ》の目を見て言った。

「わかった。リーダーに従《したが》います。じゃあ、どうしようか。ねえ、また、ビラまきしたらどうかな。坪田《つぼた》効果《こうか》も宣伝材料《せんでんざいりょう》になるし。あたし、フライヤーの原案作るから、翠《すい》にレイアウトしてもらって。土日はもうないから、出勤時間《しゅっきんじかん》を狙《ねら》ってバス停でまく。どう？」

日菜子《ひなこ》は一気にまくしたてる。その変わり身の早さに感心しながら、日菜子《ひなこ》はやっぱり日菜子《ひなこ》だと拓真《たくま》は思った。でも、最後に、「どう？」と聞いた。

「いいんじゃね」

「けど、春休みに、八時前から集まるわけ？」

と翠《すい》が不満げに言うと、日菜子《ひなこ》がにやっと笑った。

「八時じゃ遅《おそ》い」

「え？」

「都心に出勤《しゅっきん》する人、早い人は六時半のバスに乗るから」

「六時半？」

健斗《けんと》が悲鳴をあげた。

フライヤー配りは、朝六時二十分から、九時前まで。バス停近くの栗木出張所《くりきしゅっちょうじょ》や図書館などに出勤《しゅっきん》する人にも呼《よ》びかけるためだ。サポートメンバー六人にも応援《おうえん》を頼《たの》んだ。ただし、六時二十分とはさすがに言えず、栗木《くりき》地区に出勤《しゅっきん》してくる人狙《ねら》いということで、八時に来てもらうことにした。

翌日《よくじつ》の朝、拓真《たくま》はバス停に急いだ。

プロジェクトの期限《きげん》まで、この日を入れてあと四日。支援金《しえんきん》は昨日も少し増《ふ》えたが、達成まであと一八万五〇〇〇円必要だ。

拓真《たくま》が一番乗りで、すぐに千聖《ちさと》が来た。バス停の前には、六時三十分のバスに乗るために、すでに何人かが並《なら》んでいた。

日菜子《ひなこ》と健斗《けんと》がぎりぎりにやってきた。

「翠《すい》は？」

「まだ」

「フライヤーのコピーもしてくるって言ってたのに」

やがてバスがやってきた。発車まではまだ数分あるが、並《なら》んでいた人々は乗り込《こ》んでいく。

「何やってんだよ、翠《すい》！」

日菜子《ひなこ》が怒鳴《どな》った。

「どうしようか」

千聖《ちさと》が不安げに拓真《たくま》を見た時、いきなり、日菜子《ひなこ》は、

「こっち来て！　一列に並《なら》んで」

と言って、バス停のそばに並《なら》ばせる。そして、大きな声で、

「おはようございます。お勤《つと》めごくろうさまです。わたしたちのプロジェクトを応援《おうえん》してください！」

と叫《さけ》んだ。

「奥沢《おくさわ》集落に、お年寄《としよ》りの居場所《いばしょ》を作るプロジェクトです。支援《しえん》してくれる人は、栗《くり》の木食堂か、フォレスト坂本《さかもと》にチラシがあります。よろしくお願いします」

日菜子《ひなこ》が頭を下げたので、拓真《たくま》たちも慌《あわ》てて頭を下げた。バスは、頭を上げる前に出発していった。

翠《すい》が来たのはそれから十分後。

「ごめん！　寝坊《ねぼう》した！」

髪《かみ》のはねをそのままに、息を切らしながら走ってきた翠《すい》に、日菜子《ひなこ》が、

「遅《おそ》いよ！　バス、行っちゃったじゃん」

と不満をぶつける。

「ごめん」

「しょうがないよ。次のバスもあるし」

とりなすように千聖《ちさと》が言った。

「次は、七時ジャストだろ。たしか、これがいちばん混《こ》むらしいぞ」

「で、フライヤーは？」

「さっき、一〇〇枚《まい》コピーしたけど、半分に切らなきゃ」

「切る？」

「はさみとカッター、持ってきた」

「まじかよ？」

と翠《すい》に不満をぶつけながらも、みなでバス停前のベンチを取り囲んで、地面に立て膝《ひざ》をついて切ることにした。

「で、これが、コピー」

翠《すい》がベンチの上にどさっと紙を置く。それを見たとたん、拓真《たくま》は息を飲んだ。拓真《たくま》だけではない。日菜子《ひなこ》も健斗《けんと》も千聖《ちさと》も、言葉を失ったようだった。

翠《すい》が作ったフライヤーは、それほど、すばらしかったのだ。

奥沢集落《おくさわ》に、お年寄《としよ》りの居場所《いばしょ》を！
わたしたちのプロジェクトを応援《おうえん》してください！

その文言は、日菜子《ひなこ》が考えたものだった。そして、クラウドファンディングの説明も、資金調達《しきんちょうたつ》の期限《きげん》が近づいていることも書いてある。応援《おうえん》メッセージの紹介《しょうかい》や、正三《しょうぞう》が支援《しえん》してくれていることも、日菜子《ひなこ》の原稿《げんこう》どおりだ。

だが、フライヤーのトップには、翠《すい》のオリジナルの言葉があった。花をあしらった飾《かざ》り文字で、こんな言葉が躍《おど》っていた。

あと少し、もう少し！

そして、イラスト。山並《やまな》みを見ながら、古民家でたたずむ穏《おだ》やかな表情《ひょうじょう》の勇《いさむ》、笑顔《えがお》の久子《ひさこ》。ちょっととぼけた表情《ひょうじょう》の毅《たけし》。

「すごい。いいね、このフライヤー!」

日菜子《ひなこ》が言った。

「昨日、それ描《か》いてて、寝《ね》たのが二時だった」

「とにかく、カットしよう。せっかくの翠《すい》の力作だ。配らなくちゃ」

カットし終わった頃《ころ》には、またぽつぽつと人が集まってきた。

「お願いします」

と頭を下げながら、列をなす人にフライヤーを渡《わた》す。無表情《むひょうじょう》で受け取る人が多いが、さらっと読んで、話しかけてくる人もいた。

「君たちがやっているの?」

「はい。よろしくお願いします。あと少しなんです」

中には、

「知ってるわよ。わたし、支援《しえん》したもの。あと少しなの? じゃあ、お友だちに話してみるわね」

と言ってくれた人もいて、その時は、五人そろって深々と頭を下げた。

美山《みやま》駅に向かう朝のバスは、三十分に一本。八時までの四本のバスを見送り、その

後は、降《お》りる人を迎《むか》えることになった。

八時過《す》ぎに、サポートメンバーが三人やってきた。そのうちの一人《ひとり》、栗《くり》の木食堂の孫である花織《かおり》は、拓真《たくま》たちが六時二十分に集まったと知って、

「なんだ、そう言ってくれれば、来たのに」

と言ってくれた。

中学生が八人、一列に並《なら》び、声をそろえて頭を下げる。拓真《たくま》は、我《われ》ながらなかなかの迫力《はくりょく》だと思った。その列から千聖《ちさと》がはずれて、スマホで写真を撮《と》った。

こうして、九時前にこの日のフライヤーを配り終えた。

「眠《ねむ》い」

と翠《すい》が言うと、日菜子《ひなこ》が抱《だ》きついて、頭をぐりぐりとなでた。

日菜子《ひなこ》は、その日のうちに、記事をアップした。みんなでフライヤーを配っている写真も載《の》せた。するとすぐに、茜《あかね》からLINE《ライン》にメッセージが届《とど》いた。

茜《あかね》：みんな、いい顔してるね。最後の一踏《ひとふ》ん張《ば》り、がんばろう！

すぐに、「ありがとう」というスタンプが続いた。それを見ているうちに、拓真《たくま》は胸《むね》が熱くなってきた。

茜《あかね》：一人《ひとり》ひとりが、特技《とくぎ》をいかしている感じが伝わってくるよ。

拓真《たくま》：ありがとうございます。がんばります。

朝起きると、すぐにスマホを立ち上げる。
支援金《しえんきん》は、確実《かくじつ》に増《ふ》えていた。
今日を入れて残すところあと三日。達成まで、一四万五〇〇〇円。

◆応援《おうえん》メッセージ
春休みなのに、朝早くからバス停で見送ってくれた君たちの熱意に応《こた》えたいと思い、わずかですが支援《しえん》しようと思いました。

ありがとう、と心で念じて、拓真《たくま》はスマホの画面に向かって頭を下げた。けれどまだ足りない。と思ったところで、LINE《ライン》にメッセージが入った。

千聖《ちさと》：翠《すい》が、一人《ひとり》でフライヤーまいてるって！

時計を見ると、七時を回ったところだった。拓真《たくま》は慌《あわ》てて着替《きが》えて玄関《げんかん》に向かう。

「拓真《たくま》、どこ行くの？　ご飯は？」

「バス停！」

そのまま家を飛び出してバス停に走った。途中《とちゅう》で千聖《ちさと》とばったり会ったので、並《なら》んで走る。

「なんでわかったの？」

「姉ちゃんが、部活で。バス停でチラシもらったって、LINE《ライン》が入った」

「そっか」

バス停に着くと、翠《すい》は頭を下げながら、一人《ひとり》ひとりにフライヤーを渡《わた》していた。

「翠《すい》！」

千聖《ちさと》がかけ寄《よ》った。

「あれ？　どしたの？」

「どしたのって。姉貴《あねき》から聞いたんだよ。翠《すい》が一人《ひとり》で配ってるって」

「あ、うん。昨日、遅刻《ちこく》しちゃったから」

照れたように翠《すい》は笑った。それからは三人で声をそろえて配った。

「がんばってね」

と、言ってくれた人は、一人《ひとり》や二人《ふたり》ではなかった。

九時過《す》ぎに拓真《たくま》が家に帰ると、勇《いさむ》がだれかに電話していた。

「そんなわけで、孫ががんばってくれてるんで。……じゃあ、よろしく」

受話器を置いた勇《いさむ》と目が合う。

「じいちゃん……だれかに、頼《たの》んでくれてたの？」

「ああ、さっき真穂《まほ》から、一五万ほど不足しておると聞いたからな」

真穂《まほ》が……。なんのかんのと言っても、応援《おうえん》してくれていると思うと胸《むね》が熱くなった。

拓真《たくま》が遅《おそ》い朝食を食べていると、スマホの着信音が鳴った。

日菜子《ひなこ》：今日、美山市《みやまし》に行くから、フライヤー、まいてくるね。

翠《すい》：一人《ひとり》で？

日菜子《ひなこ》：清川《きよかわ》さんが手伝《てつだ》ってくれるって。っていうか、清川《きよかわ》さんの仕事に便乗。

千聖《ちさと》：清川《きよかわ》さんに、よろしく。

拓真《たくま》：サンキュー！　よろしく伝えて。

日菜子《ひなこ》：了解《りょうかい》！　あと、健斗《けんと》が、フライヤー活動の様子、書いたから。明日《あした》の朝までにアップする。

みんなが、がんばっている。拓真《たくま》は、自分に何ができるだろうかと考えてみたが、何をしていいかわからない。ただ、じっとしていられなくなって、何枚《なんまい》かフライヤーを持って外に出た。うろうろと歩き回って、栗《くり》の木食堂をのぞく。

「こんにちは、フライ……チラシ、まだあります？」

と言いながらのれんをくぐると、すぐに反応《はんのう》があった。

「ああ、拓真《たくま》くん。花織《かおり》に聞いたよ。もう少しだって？」

「そうなんです」

「チラシ、まだあるけど、どんどん配るよ」

「よろしくお願いします！」

店を出た拓真《たくま》の足は、学校の方に向いた。正門から中に入ると、サッカー部が練習しているのが見えた。春休みも練習するとは、栗木中《くりき》でいちばん盛《さか》んな部活だけある。その時、ころころとボールがころがってきて、拓真《たくま》はわずかに身をかがめて手で受け止めた。軽く助走をつけて、そのボールを投げ返すと、胸《むね》で受け止めてからストンと足下《あしもと》に落としたのは、圭《けい》だった。それからすぐに、

「大原《おおはら》じゃないか、どうしたんだ？」

という声が響《ひび》く。担任《たんにん》の藤原羊一郎《ふじわらよういちろう》だった。

「あれ？　先生、サッカー部だっけ？」

「担任《たんにん》の顧問《こもん》の部活ぐらい、知っとけよ。で、何か用か？」

「すいません。ふらふら歩いてただけです」

「先生、大原《おおはら》は、小学生の時、サッカーやってたんですよ」

圭《けい》が羊一郎《よういちろう》に告げた。余計《よけい》なことを、と思いながらも黙《だま》っていると、ボソッとした囁《ささや》きが聞こえてきた。

「経験者《けいけんしゃ》なら、足で止めろよ」

その声の方を振《ふ》り向いて、なぜか圭《けい》が言い返す。

「キーパーだって。おれらのチームの守護神《しゅごしん》だったんだ」

拓真《たくま》は、思わず圭《けい》の方を見たが、その時、

「大原《おおはら》、そういえば、おまえたちの、例のクラウドなんとかは、どうなった？」

という声で、視線《しせん》を羊一郎《よういちろう》に移《うつ》した。

「それが、あと少しなんです」

「あと少し、か。じゃあ、五日に職員会議《しょくいんかいぎ》があるから、それとなく先生方に、頼《たの》んでおくよ」

「それ、遅《おそ》いです。期限《きげん》、明後日なんで」

「じゃあ、こいつらにも、それ配っといてやる」

羊一郎《よういちろう》はそう言うと、拓真《たくま》からフライヤーを受け取った。拓真《たくま》は、

「ありがとうございます！」

と頭を下げてから、学校を後にした。

その日の夜、健斗《けんと》のメッセージがアップされた。バス停前で一列に並《なら》んでいる写真つきだ。


最後のお願いって、なんか、選挙みたいですね。

冗談《じょうだん》はさておき、昨日の朝は、みんなでチラシをまきました。

正直なところ、奥沢《おくさわ》は、ぼくにはあまり縁《えん》のない場所でした。でも、メンバーに、奥沢《おくさわ》にルーツを持つ人もいるし、今は栗木《くりき》の中心街やほかの場所に住んでいても、祖父母《そふぼ》が奥沢《おくさわ》だったという人は、けっこういるんです。その人たちにとっ

て、奥沢は心のふるさとなんです。

ぼくは最初、このプロジェクトにまき込《こ》まれるような形で参加しました。本音《ほんね》を言えば、そんなに興味《きょうみ》なかったし、面倒《めんどう》だなって思っていたくらいでした。山間《やまあい》の集落の過疎化《かそか》なんて、日本のどこにだってある話ですから。

でも、何度か、奥沢《おくさわ》集落に通ううちに少しずつ、魅了《みりょう》されていきました。中学生のぼくたちって、大人《おとな》ほどじゃないかもしれないけど、けっこう毎日、慌《あわ》ただしいんです。でも、奥沢《おくさわ》に行くと、気持ちがゆったりとしてくるんです。

今、プロジェクトは成立するかどうかの瀬戸際《せとぎわ》です。でも、どんな結果になっても、ぼくはこのプロジェクトに関《かかわ》ることができて、よかったと思ってます。今まで、考えたこともないようなことを考えるきっかけになりました。ふるさとは大事。でも、その思いは、一人《ひとり》ひとりが違《ちが》うのだということもわかりました。気づきを与《あた》えてくれたことに感謝《かんしゃ》したい気持ちでいます。
とはいえ、
やっぱり成立させたいじゃありませんか！

仲間が作って、昨日配ったチラシの言葉を書きます。

あと少し、もう少し！

どうかよろしくお願いします！

それを見てからは、拓真《たくま》はもうサイトを見なかった。怖《こわ》くて見られなかったのだ。急に達成率《たっせいりつ》が伸《の》びて成立、なんてことになれば、だれかが知らせてくるだろう。

また朝が来た。期限《きげん》は明日。今日と明日でどれだけ集まるだろうか。

達成率《たっせいりつ》は九四パーセント、不足額《ふそくがく》は九万五〇〇〇円だ。拓真《たくま》はすぐにスマホの電源《でんげん》を切った。

時計をちらっと見て、とにかくバス停に行ってみようと思った。昨日、翠《すい》は一人《ひとり》でフライヤーをまこうとしていた。負けてはいられない。手元に残ったわずかなフライヤーを持って出かける。

バス停に着くと、花織《かおり》が立っていた。一昨日《おととい》も来てくれたサポーターの一人《ひとり》だ。見ると、フライヤーを大きく引き延《の》ばした紙を手にして黙《だま》って立っている。

「おはよう」

と声をかける。

「あ、おはよう。昨日の夜、おじいちゃんに、聞きに来た人いたんだって。前の日の朝、バス停で中学生が訴《うった》えてたから、って」

翠《すい》の到着《とうちゃく》が遅《おく》れた時、日菜子《ひなこ》が、栗《くり》の木食堂かフォレスト坂本《さかもと》で情報《じょうほう》を提供《ていきょう》していると叫《さけ》んだのを、拓真《たくま》は思い出した。

「それでか」

「まだ足りないんでしょ。だから、あたしも、もっと何か手伝《てつだ》えるかな、って思ったんだけど」

それにしても……。

「まさか、こんなに早く来てくれるなんて」

しかもたった一人《ひとり》で立っているとは！

「でも、あたし、なかなか声が出なくて」

と、はにかんだように笑う。いや、もう十分にありがたい。

「プロジェクトの、支援《しえん》お願いします！　あと一歩です」

いきなり背後《はいご》で大声が響《ひび》いた。日菜子《ひなこ》だった。

「ってね、朝イチの発声練習！」

と日菜子《ひなこ》が笑う。その隣《となり》には、健斗《けんと》がいた。

「おれも居《い》ても立ってもいられなくって。ここまできて、達成できなかったら、マジ悔《くや》しいな」

拓真《たくま》は頷《うなず》いた。本当にあと少しなんだけれど、少しでも足りなかったら、プロジェクトは成立しない。考え出すと、動悸《どうき》が高まってくる。

ほどなく、千聖《ちさと》と翠《すい》もやってきた。

「なんか、落ち着かないよぉ」

と翠《すい》が眉尻《まゆじり》を下げた。

健斗《けんと》が、プロジェクトの名前とサイトのアドレスを記した小さな紙を配った。

「コピー代もばかになんねえし。この方が安上がりだろ」

「たしかに」

その日も、九時過《す》ぎまでバス停に立った。

そのまま、六人でファストフードの店に入り、朝食をとることにした。スマホをチェックした日菜子《ひなこ》が叫《さけ》ぶ。

「すごい、朝見た時より、二万増《ふ》えてる！」

「たった三時間で？」

「ってことは、あと七万五〇〇〇円か」

「ぎりぎり、いけるんじゃない？」

「いや、油断《ゆだん》はできない」

健斗《けんと》が表情《ひょうじょう》を引き締《し》めた。

その言葉どおり、九時以降《いこう》、ぴたっと動きが止まっていた。

「昨日も朝、動きがあった。仕事始める前に手続きしてくれたんだと思う」

日菜子《ひなこ》の言葉に翠《すい》の目が輝《かがや》く。

「ってことは、フライヤーの効果《こうか》？」

「けど、まだ足りないってことだよね。夜の動き次第《しだい》」

ファストフードの店には十時過《す》ぎまでいたが、九時以降《いこう》は、支援者《しえんしゃ》は増《ふ》えなかった。

「今日の昼、おじいちゃんを手伝《てつだ》うから、お客さんに宣伝《せんでん》するね」

と言い残して、花織《かおり》は帰っていった。

拓真《たくま》たちは、その後、フライヤーを置いてもらった店を訪《たず》ねて、最後のお願いをしてから家路についた。

日菜子《ひなこ》：二件《けん》増《ふ》えた。あと六万五〇〇〇円。

それが、午後二時半。

一時間後、また一件《けん》あって、五〇〇〇円増《ふ》えたとの連絡《れんらく》が日菜子《ひなこ》から入る。

日菜子《ひなこ》からの実況連絡《じっきょうれんらく》は一時間ごとに入った。拓真《たくま》は、その度《たび》にドキドキした。

よくチェックできるなと感心しながらも、やはり、日菜子《ひなこ》からのＬＩＮＥ《ライン》は見てしまう。

夜八時半。達成まで六万円となった。今日一日の増加分《ぞうかぶん》は、三万五〇〇〇円。この金額《きんがく》を足しただけでは、達成しない。
夜十時に、日菜子《ひなこ》からLINE《ライン》が入った。

日菜子《ひなこ》：記事、アップした。

拓真《たくま》は、サイトを見た。

あと一日になりました！　まだ足りません！　拡散希望《かくさんきぼう》です‼　ツイッター、フェイスブックをやっている人、よろしくお願いします！！！

悲鳴のような記事だった。金額《きんがく》は八時半の時と変わってなかった。それから、日菜《ひな》子《こ》からの連絡《れんらく》も途絶《とだ》えた。
拓真《たくま》は明日もまた、バス停に行こう、たとえ一人《ひとり》でも、と思って、スマホの電源《でんげん》を落として机《つくえ》の上に置いた。

エピローグ

拓真《たくま》は、夜中の二時過《す》ぎに、姉の真穂《まほ》にたたき起こされた。

「なんだよ、人の部屋《へや》に勝手に入んなよ」

寝《ね》ぼけ眼《まなこ》でそう言うと、真穂《まほ》は机《つくえ》に置いてあったスマホを投げて寄越《よこ》し、部屋《へや》から出ていった。

おそるおそる、電源《でんげん》を入れる。立ち上がるまでの時間がやけにのろく感じる。胸《むね》の鼓動《こどう》がいや増《ま》しに高くなる。

ポラリスのサイトを見た。

その時、ゴール！　という赤い文字が、目に飛び込《こ》んできた。

拓真《たくま》たちのプロジェクトは、期限《きげん》までおよそ二十三時間残して成立した。

成立後も、入金は増《ふ》え続けた。

メッセージで目についたのは、かつてのサッカー仲間からのものだった。中には、転校して栗木《くりき》を離《はな》れていった者も含《ふく》まれていた。

◆応援《おうえん》メッセージ
K《ケー》から聞いて、サイト見て感激《かんげき》しました。奥沢《おくさわ》、懐《なつ》かしい！　あと、サッカーの試合で、拓真《たくま》の「ごめん」に何度も助けられたなあ。少しだけど、お年玉の残りで支援《しえん》します。奥沢万歳《おくさわばんざい》！


K《ケー》とは、高山圭《たかやまけい》のことだ。圭《けい》本人も、支援《しえん》してくれていた。

最終日に急カーブで増《ふ》え、タイムアップした時には、達成率《たっせいりつ》一〇五パーセント、一六八万円に達した。

成立したその日、美山《みやま》市のソメイヨシノの開花が発表された。とはいえ、栗木《くりき》地区では紅色《べにいろ》のつぼみはまだ開いていない。おそらく奥沢《おくさわ》のつぼみはまだ硬《かた》いだろう。

それでも、開花宣言《かいかせんげん》のその日にプロジェクトが成立したのは、何やら前途《ぜんと》の明るさを予感させた。

その四日後、拓真《たくま》たちの中学生活最後の年がスタートした。

＊　＊　＊

ゴールデンウィーク初日。

勇《いさむ》の家は、急ピッチで修理《しゅうり》が進んだ。外壁《がいへき》の修理《しゅうり》、畳《たたみ》の入《い》れ替《か》えは済《す》み、電灯もL《エル》ED《イーディー》の器具を取り付けた。玄関《げんかん》には木工《もっこう》作家の南郷有輝《なんごうゆうき》が作ってくれた杉材《すぎざい》の看板《かんばん》がかけられた。

看板《かんばん》に書かれた「夕日を眺《なが》める家」という文字は、元市長の坪田正三《つぼたしょうぞう》の手による。

収支報告《しゅうしほうこく》はすでにサイトにアップした。リターンの発送も終わった。

今日は、電気とガスの業者が来るというので、メンバー五人と勇《いさむ》、咲子《さきこ》とで出向いた。近隣《きんりん》からも、久子《ひさこ》をはじめ何人かがやってきていた。

勇《いさむ》の顔つきはずいぶんと明るくなった。八十歳《さい》と高齢《こうれい》ではあるが、まだまだ元気でいてほしいと拓真《たくま》は思った。

業者の工事が終わり、先ほどから電気もガスも使えるようになった。電気がついた時は、たかがこんなことで、と思いながらも胸《むね》が熱くなった。

「夕日を眺《なが》める家」のオープンは、連休の後半、五月三日だ。その日は、近隣《きんりん》のお年《とし》寄《よ》りを招待《しょうたい》してみんなで食事をする。サポートメンバーや、ポラリスの茜《あかね》も来てくれることになった。

この家を利用した、新たなプロジェクトもすでに、スタートしている。入れ物を作っただけではだめ。ということで、ここを拠点《きょてん》に、ちょっとしたコンサートをやったり、農作業の体験のために都会の人に来てもらったりするのだという。

そのプロジェクトを中心に進めているのは、中学生ではない。遥菜《はるな》と常人《つねと》たちだ。

拓真《たくま》たちは、これからの一年は、高校受験に専念《せんねん》すると決めていた。

「受験が終わったら手伝《てつだ》ってくれる?」

遥菜《はるな》に聞かれた時、日菜子《ひなこ》はきっぱり言った。

「あたしは、次はもっと大きなことをやる。ここことは別のフィールドでね」

「あたしは遥菜《はるな》さんたちを、手伝《てつだ》う」

と、応《おう》じたのは翠《すい》だった。

健斗《けんと》は、東京《とうきょう》の高校を受験するつもりだ。無事合格《ごうかく》すれば、親戚《しんせき》の家から通うので、栗木《くりき》を離《はな》れることになる。

拓真《たくま》と千聖《ちさと》は、その時、明言はしなかった。後から、

「拓《たく》ちゃん、どうするの？」

と聞かれた拓真《たくま》は、思わず千聖《ちさと》を見つめる。もし、できるなら……。

「おれは、遥菜《はるな》さんたちに協力するつもりだけど……」

「日菜子《ひなこ》がやらなくても？」

「なんで、そこに坂本《さかもと》が出てくるの？」

「だって、日菜子《ひなこ》は……」

「あいつとつきあう男、大変だろうな。おれには絶対《ぜったい》無理」

「そうなんだ」

できることなら、自分がずっと気になっている女子は、千聖《ちさと》なのだと告げたかった。でも、やっぱりその勇気がなくて、自分はヘタレだと思う。それでも、千聖《ちさと》が「そうなんだ」と言った時、心なしか、ほっとしたように感じられたことを、希望的に考えることにした。

「おれ、……別のこともやりたいんだ」

拓真《たくま》は、思い切って言った。

「別のことって？」

「例えば……ほかの場所の、同じように、年寄《としよ》りが多いところ。そういう場所の、高校生たちと交流するとか」

「いいね。そんなことができたら」

「やってくれるかな、一緒《いっしょ》に」

「もちろん！　よろしくね、リーダー！」

千聖《ちさと》の笑顔《えがお》がはじけた。


祖母《そぼ》の笑美子《えみこ》が亡《な》くなったあと、久《ひさ》しぶりにここを訪《おとず》れてから、もうすぐ四カ月。すっかり日が長くなった。その、遅《おそ》い日没《にちぼつ》が、始まろうとしてる。

「日が沈《しず》むよ」

という声がして、奥《おく》の部屋《へや》にいた拓真《たくま》と勇《いさむ》は、縁側《えんがわ》に向かった。すでに同級生たちは、縁側《えんがわ》に一列に並《なら》んで座《すわ》っている。その真ん中が空いていて、

「こっちこっち。おじいさんも、早く」

と誘《さそ》われた。

「いい仲間だな」

勇《いさむ》が小声で言った。

「うん」

でもたぶん、仲間になったんだ、と思った。

縁側《えんがわ》に腰《こし》を下ろしながら、勇《いさむ》がつぶやく。

「これからだ」

これから――。

その言葉をかみしめるように、拓真《たくま》は顔を上げた。そして、あたりを朱色《しゅいろ》に染《そ》めながら、ゆったりと沈《しず》んでいく夕日を見つめた。

〈著者略歴〉
濱野京子（はまの きょうこ）
熊本県生まれ、東京育ち。『フュージョン』（講談社）で第２回JBBY賞、『トーキョー・クロスロード』（ポプラ社）で第25回坪田譲治文学賞受賞。『くりぃむパン』（くもん出版）で第59回青少年読書感想文全国コンクール課題図書。その他の作品に『石を抱くエイリアン』『バンドガール！』（以上、偕成社）、『すべては平和のために』（新日本出版社）、『ビブリオバトルへ、ようこそ！』（あかね書房）、『ソーリ！』（くもん出版）、「ことづて屋」シリーズ（ポプラ社）など多数。

装幀● bookwall
装画・挿絵●やぼみ
取材協力●廣安ゆきみ（READYFOR株式会社）
編集●北原優

ドリーム・プロジェクト

2018年6月5日　第1版第1刷発行

著　者　濱野京子
発行者　瀬津要
発行所　株式会社ＰＨＰ研究所
東京本部　〒135-8137　江東区豊洲5-6-52
児童書出版部　☎03-3520-9635(編集)
児童書普及部　☎03-3520-9634(販売)
京都本部　〒601-8411　京都市南区西九条北ノ内町11
PHP INTERFACE　https://www.php.co.jp/

制作協力　組版　株式会社PHPエディターズ・グループ
印刷所　製本所　図書印刷株式会社

ISBN978-4-569-78777-0

NDC913　205P　20cm